TRANZLATY

Language is for everyone

Езикът е за всички

The Call of Cthulhu

Зовът на Ктулху

H.P. Lovecraft

Х. П. Лъвкрафт

English

Български

Published by Tranzlaty
ISBN: 978-1-80572-491-9
The Call of Cthulhu
H.P. Lovecraft (1926)
www.tranzlaty.com

www.tranzlaty.com

The Horror Made of Clay
Ужасът, направен от глина

There is one thing I find particularly merciful.
Има едно нещо, което намирам за особено милостиво.
The inability of the human mind to correlate events.
Неспособността на човешкия ум да съпоставя събитията.
It's a blessing that we can't understand the world.
Благословия е, че не можем да разберем света.
We live blissfully on a placid island of ignorance.
Живеем блажено на спокоен остров на невежеството.
An island in the midst of black seas of infinity.
Остров сред черни морета на безкрайността.
And it was not meant that we should voyage far.
И не беше предназначено да пътуваме далеч.
The sciences each strain in their own directions.
Всяка от науките се развива в свои собствени посоки.
But hitherto science's findings have harmed us little.
Но досегашните научни открития са ни навредили малко.
But some day dissociated knowledge will be pieced together.
Но някой ден разединените знания ще бъдат сглобени.
Terrifying vistas of reality will open up to us.
Пред нас ще се разкрият ужасяващи гледки към реалността.
And we will be left in a frightful vantage point.
И ще бъдем оставени на ужасяваща изгодна позиция.
We will either go mad from the revelation we are given.
Или ще полудеем от откровението, което ни е дадено.
Or we will flee from the deadly light that we will see.
Или ще бягаме от смъртоносната светлина, която ще видим.
We will run from the knowledge we had always pursued.
Ще бягаме от знанието, което винаги сме преследвали.
And we will seek the peace and safety of a new dark age.
И ще търсим мира и безопасността на една нова тъмна епоха.

Theosophists have guessed at the scale of the cosmos.

Теософите са предполагали мащаба на космоса.

Our world is but a transient incident in this cycle.

Нашият свят е само преходно събитие в този цикъл.

The human race plays but a little role in the universe.

Човешката раса играе само малка роля във Вселената.

The theosophists have hinted at strange methods of survival.

Теософите са намеквали за странни методи за оцеляване.

But their suggestions would freeze a rational man's blood.

Но техните предложения биха смразили кръвта на един разумен човек.

Only the optimism of their ideas hides the horror.

Само оптимизмът на идеите им прикрива ужаса.

But it is not their ideas that chill me the most.

Но не техните идеи ме смразяват най-много.

It is something else that fills me with terror.

Друго е, което ме изпълва с ужас.

The single glimpse of forbidden eons I have seen.

Единственият поглед към забранени еони, който съм видял.

When I think of what I saw my blood stands still.

Когато си помисля за това, което видях, кръвта ми замръзва.

Restlessness plagues my dreams since that glimpse.

Безпокойство измъчва сънищата ми от онзи поглед.

It came to me like all dreaded glimpses of truth.

Дойде ми като всички ужасни проблясъци на истината.

An accidental piecing together of separated things.

Случайно сглобяване на отделни неща.

An old newspaper item and the notes of a dead professor.

Стара вестникарска статия и бележките на починал професор.

In a flash everything was pieced together before me.

В един миг всичко се сглоби пред мен.

I hope no one else will accomplish this terrible insight.

Надявам се никой друг да не постигне това ужасно прозрение.

Certainly, if I live, I shall never help anyone to know it.

Със сигурност, ако живея, никога няма да помогна на никого да го узнае.

I shall never knowingly supply a link in so hideous a chain.

Никога съзнателно няма да предоставя и едно звено в толкова отвратителна верига.

I think that the professor, too, intended to keep silent.

Мисля, че и професорът е възнамерявал да мълчи.

He didn't mean to share the secrets that he knew.

Той нямаше намерение да споделя тайните, които знаеше.

And I'm sure he would have destroyed his notes.

И съм сигурен, че щеше да унищожи бележките си.

If he had not been seized by sudden and suspicious death.

Ако не го беше сполетяла внезапна и подозрителна смърт.

***

My knowledge of the thing began in the winter of 1926-27.

Моите знания за това нещо започнаха през зимата на 1926-27 г.

My great-uncle was the professor George Gammell Angell.

Моят прачичо беше професор Джордж Гамел Анджел.

He was the Professor Emeritus of Semitic languages.

Той беше почетен професор по семитски езици.

He lectured in Brown University, Providence, Rhode Island.

Той е изнасял лекции в университета „Браун“ в Провидънс, Роуд Айлънд.

His death, at the age of ninety-two, triggered the event.

Смъртта му, на деветдесет и две години, предизвика събитието.

He was widely known as an authority on ancient inscriptions.

Той беше широко известен като авторитет по древни надписи.

Heads of prominent museums came to him for his expertise.

Ръководители на видни музеи се обръщаха към него за експертни познания.

So his death was noticed by many within academic circles.

Така смъртта му беше забелязана от мнозина в академичните среди.

Interest was intensified by the obscurity of his death.

Интересът се засили от неизвестността на смъртта му.

It occurred as he was disembarking from the Newport boat.

Това се случи, докато слизаше от лодката в Нюпорт.

Witnesses say a dark nautical-looking fellow had jostled him.

Свидетели твърдят, че тъмен мъж с морска външност го е блъснал.

After being stricken, he fell suddenly, witnesses say.

След като бил ударен, той паднал внезапно, разказват свидетели.

Physicians were unable to find any visible disorder.

Лекарите не успяха да открият видими нарушения.

After some perplexed debate they reached their conclusion.

След известен объркан спор те стигнаха до заключението си.

"It must have been a lesion of the heart," they agreed.

„Сигурно е било увреждане на сърцето", съгласиха се те.

"After all, he was rather an elderly man," they added.

„В края на краищата, той беше доста възрастен човек", добавиха те.

"the brisk ascent of the steep hill caused his end."

„Бързото изкачване на стръмния хълм причини края му."

At the time I saw no reason to dissent from this dictum.

По онова време не виждах причина да не се съглася с това твърдение.

But latterly I am inclined to wonder about their conclusion.

Но напоследък съм склонен да се чудя за тяхното заключение.

And I do more than just wonder if they were right.

И аз правя повече от това просто да се чудя дали са били прави.

***

My grand-uncle died alone as a childless widower.
Моят прачичо почина сам като бездетен вдовец.
And so I became heir and executor to his possessions.
И така аз станах наследник и изпълнител на неговите
владения.
So I was expected to go over his papers and writings.
Така че се очакваше от мен да прегледам документите и
писанията му.
I moved his entire set of files and boxes to my Boston home.
Преместих целия му комплект досиета и кутии в дома ми
в Бостън.
Much of the materials I collected will later be published.
Голяма част от събраните от мен материали ще бъдат
публикувани по-късно.
Many academics in his field took great interest in his work.
Много учени в неговата област проявяваха голям интерес
към работата му.
The American archeological society relied on him greatly.
Американското археологическо дружество разчиташе
много на него.
But there was one box which I found exceedingly puzzling.
Но имаше една кутия, която ми се стори изключително
озадачаваща.
I felt much averse from showing these files to other eyes.
Чувствах се много неохотно да показвам тези файлове на
други хора.
The box had been locked, unlike the other boxes.
Кутията беше заключена, за разлика от другите кутии.
And initially I found no key that would open this box.
И първоначално не намерих ключ, който да отвори тази
кутия.
But then the location of the key occurred to me.
Но тогава ми хрумна къде е ключа.
The professor always carried a keyring in his pocket.
Професорът винаги носеше ключодържател в джоба си.
It was indeed one of these keys that opened the box.

Наистина един от тези ключове отвори кутията.

But in the box was a still more closely locked barrier.

Но в кутията имаше още по-здраво заключена преграда.

What could be the meaning of the queer bas-relief?

Какво би могло да бъде значението на странния барелеф?

Various paper cuttings accompanied the bas-relief.

Барелефът беше придружен от различни изрезки от хартия.

What did the disjointed jottings and ramblings allude to?

За какво намекваха несвързаните бележки и бръщолевения?

Had my uncle become credulous to superficial impostures?

Дали чичо ми е станал лековерен към повърхностни измами?

Perhaps in his later years his criticalness thought slowed.

Може би в по-късните си години критичното му мислене се е забавило.

Someone had disturbed this old man's peace of mind.

Някой беше нарушил душевния мир на този старец.

And so I resolved to locate the eccentric sculptor.

И затова реших да намеря ексцентричния скулптор.

The man who set in motion my uncle's strange obsession.

Човекът, който задвижи странната мания на чичо ми.

***

The bas-relief was roughly shaped like a rectangle.

Барелефът беше грубо оформен като правоъгълник.

The rectangular shape was less than an inch thick.

Правоъгълната форма беше с дебелина по-малка от един инч.

And the bas-relief was about five by six inches in area.

А барелефът беше с площ около пет на шест инча.

It was obvious that the bas-relief was of modern origin.

Беше очевидно, че барелефът е от съвременен произход.

The designs, however, were far from modern in atmosphere.

Дизайните обаче далеч не бяха модерни по атмосфера.

The inscriptions suggested a far older civilization.
Надписите предполагат много по-стара цивилизация.
The vagaries of cubism and futurism were many and wild.
Капризите на кубизма и футуризма бяха многобройни и диви.
But normally such patterns fail to produce regularity.
Но обикновено подобни модели не успяват да доведат до редовност.
The cryptic regularity which lurks in prehistoric writing.
Загадъчната закономерност, която се крие в праисторическата писменост.
This regularity was certainly present in the bas-relief.
Тази закономерност със сигурност е присъствала в барелефа.
I was certain the inscriptions represented a writing system.
Бях сигурен, че надписите представляват писменост.
I had some familiarity with the papers of my uncle.
Бях запознат донякъде с документите на чичо ми.
And I had looked through all of his collections and works.
И бях разгледал всичките му колекции и произведения.
But I failed to find any writing that was similar.
Но не успях да намеря подобен текст.
I could not geographically place this alphabet in any way.
Не можах да поставя тази азбука географски по никакъв начин.
Nor could I guess from what time this writing came from.
Нито пък можех да позная от кое време е това писание.
Above these apparent hieroglyphics there was a figure.
Над тези очевидни йероглифи имаше фигура.
The figure was evidently only of pictorial intent.
Фигурата очевидно е била само с изобразително намерение.
The impressionism of the picture added to the mystery.
Импресионизмът на картината добавяше към мистерията.
No clear idea of the creature's nature could be discerned.
Не можеше да се разграничи ясна представа за природата на съществото.

The creature seemed to be a monster, of some sort.
Съществото изглеждаше като някакво чудовище.
Or the symbol represented a monster, of some sort.
Или символът е представлявал някакво чудовище.
Only a diseased mind could conceive of such a form.
Само болен ум би могъл да си представи подобна форма.
My imagination yielded different pictures simultaneously.
Въображението ми едновременно изобразяваше различни
картини.
But my imagination may also be somewhat extravagant.
Но въображението ми може да е и донякъде
екстравагантно.
An octopus, a dragon, and also a human caricature.
Октопод, дракон, а също и човешка карикатура.
I shall try not be unfaithful to the spirit of the thing.
Ще се опитам да не бъда неверен на духа на нещата.
A pulpy, tentacled head surmounted a scaly body.
Месеста, с пипала глава увенчаваше люспесто тяло.
Rudimentary wings protruded from the grotesque shape.
От гротескната форма стърчаха елементарни крила.
But the shape of the monster wasn't even the worst part.
Но формата на чудовището дори не беше най-лошата
част.
The background of the picture was even more frightening.
Фонът на картината беше още по-плашещ.
The scenery had a vague suggestion of another civilization.
Пейзажът смътно подсказваше за друга цивилизация.
Cyclopean architecture from a forgotten part of the world.
Циклопическа архитектура от забравена част на света.

***

Only some notes and press cuttings accompanied the oddity.
Само някои бележки и изрезки от пресата съпътстваха
странността.
The press cuttings seemed to be only vaguely related.
Изрезките от пресата сякаш бяха само бегло свързани.

The hand written notes were all from my uncle.

Ръчно написаните бележки бяха всички от чичо ми.

But his notes made no pretense to any literary style.

Но бележките му не претендираха за някакъв литературен стил.

There was no ordering mechanism to any of the papers.

Нямаше механизъм за поръчка на нито един от документите.

Although there seemed to be a master document to the notes.

Въпреки че изглеждаше, че към бележките има основен документ.

This document was ascribed to the cult of Cthulhu

Този документ се приписва на култа към Ктулху

The word's letters had been painstakingly written out.

Буквите на думата бяха старателно написани.

There should be no erroneous reading of the unheard of word.

Не бива да има погрешно тълкуване на нечуваната дума.

This Cthulhu manuscript was divided into two sections;

Този ръкопис на Ктулху е бил разделен на две части;

The first manuscript was titled the following:

Първият ръкопис е бил озаглавен следното:

"1925 - Dream and Dream Work of H. A. Wilcox"

„1925 г. - Мечта и мечтано творчество на Х. А. Уилкокс“

"7 Thomas St., Providence, Road Island"

„Томас Стрийт 7, Провидънс, Роуд Айлънд“

And the second manuscript was titled the following:

А вторият ръкопис беше озаглавен следното:

"Narrative of Inspector John R. Legrasse"

„Разказ на инспектор Джон Р. Леграс “

"121 Bienville St., New Orleans, 1908 Meetings."

„121 Биенвил Стрийт, Ню Орлиънс, срещи през 1908 г.“

"Notes on Same, & Prof. Webb's account of events"

„Бележки върху същото и разказът на проф. Уеб за събитията“

The other manuscript papers were all brief notes.

Останалите ръкописни документи бяха кратки бележки.

Some manuscripts described the queer dreams of different persons.

Някои ръкописи описват странните сънища на различни хора.

Some manuscripts cited from theosophical books and magazines.

Някои ръкописи са цитирани от теософски книги и списания.

Notably, most of these citations were from W. Scott-Eliott.

Забележително е, че повечето от тези цитати са от У. Скот-Елиът.

Mainly the notes referenced Atlantis and the Lost Lemuria.

Бележките основно споменаваха Атлантида и Изгубената Лемурия.

The other notes commented on long-surviving secret societies.

Другите бележки коментираха дълго оцелелите тайни общества.

Hidden cults that may or may not still exist somewhere.

Скрити култове, които може би все още съществуват някъде, а може би и не.

Two books seemed to provide most of the information;

Две книги сякаш предоставяха по-голямата част от информацията;

Miss Murray's Witch-Cult in Western Europe.

Култът към вещиците на госпожица Мъри в Западна Европа.

This book thoroughly detailed Mythological sources.

Тази книга подробно разглежда митологичните източници.

And Frazer's Golden Bough provided anthropological sources.

А „Златната клонка" на Фрейзър предоставя антропологични източници.

***

The cuttings largely alluded to outré mental illnesses.

Изрезките до голяма степен загатваха за крайни психични заболявания.

Outbreaks of group folly and mania in the spring of 1925.

Изблици на групова лудост и мания през пролетта на 1925 г.

The first half of the manuscript told a very peculiar tale.

Първата половина на ръкописа разказваше една много особена история.

1925, the 1st of March, a thin dark young man came to my uncle.

На 1 март 1925 г. при чичо ми дойде слаб, тъмен млад мъж.

The manuscript describes his neurotic and excited aspect.

Ръкописът описва неговия невротичен и възбуден аспект.

And he bore with him the strange bas-relief.

И той понесе със себе си странния барелеф.

At that time the bas-relief was exceedingly damp and fresh.

По това време барелефът беше изключително влажен и свеж.

His card bore the name of Henry Anthony Wilcox.

На визитната му карта пишеше името на Хенри Антъни Уилкокс.

And my uncle had slightly recognized who he was.

И чичо ми бегло го разпозна.

He was the youngest son of an excellent family.

Той беше най-малкият син на отлично семейство.

Latterly he had been studying sculpture at Rhode Island.

Напоследък той е учил скулптура в Роуд Айлънд.

He lived alone at the Fleur-de-Lys Building.

Той живееше сам в сградата „Фльор дьо Лис".

His residences were near the university.

Резиденциите му бяха близо до университета.

Wilcox was a precocious youth of known genius.

Уилкокс беше преждевременно развит младеж, известен като гений.

But he was also known for his great eccentricity.

Но той беше известен и с голямата си ексцентричност.

From childhood he had excited the attention of others.

Още от детството си той привличаше вниманието на околните.

He told of strange stories no one had told him about.

Той разказваше странни истории, за които никой не му беше разказвал.

And he was in the habit of relating strange dreams.

И имаше навика да разказва странни сънища.

He described himself as "psychically hypersensitive".

Той се описа като „психически свръхчувствителен“.

But those around him had other descriptions for him.

Но околните имаха други описания за него.

They were staid folk of the ancient commercial city.

Те бяха спокойни хора от древния търговски град.

And they dismissed him as merely strange and "queer".

И го отхвърлиха просто като странен и „странен“.

And so he never mingled much with his kind.

И затова никога не се смесваше много със себеподобните си.

And he had dropped gradually from social visibility.

И постепенно беше изчезнал от социалната си видимост.

Now he is known only to a small group of esthetes.

Сега той е познат само на малка група естети.

And those who knew him came mostly from other towns.

А тези, които го познаваха, идваха предимно от други градове.

Even the Providence art club had found him quite hopeless.

Дори арт клубът в Провидънс го беше намерил за доста безнадежден.

Of course they were anxious to preserve their conservatism.

Разбира се, те се стремяха да запазят консерватизма си.

***

The professor's manuscript continued to describe the visit.

Ръкописът на професора продължаваше да описва посещението.

The sculptor abruptly asked for his host's archeological knowledge.

Скулпторът рязко попита домакина си за археологическите познания.

He wanted him to identify the hieroglyphics on the bas-relief.

Той искаше той да разпознае йероглифите върху барелефа.

He spoke in a dreamy and rather stilted manner.

Той говореше мечтателно и доста надуто.

His speech suggested pose and alienated sympathy.

Речта му внушаваше поза и отчуждено съчувствие.

And my uncle showed some sharpness in his reply.

И чичо ми показа известна острота в отговора си.

Because the bas-relief was still conspicuously freshness.

Защото барелефът все още личеше с видима свежест.

So there was no need for any kinship with archeology.

Така че не е имало нужда от каквато и да е връзка с археологията.

Young Wilcox's rejoinder was of a fantastically poetic cast.

Отговорът на младия Уилкокс беше с фантастично поетичен оттенък.

My uncle must have been impressed with the reply.

Чичо ми сигурно е бил впечатлен от отговора.

And he recorded the reply of Wilcox verbatim.

И той записа отговора на Уилкокс дословно.

"The bas-relief is indeed still conspicuously fresh."

„Барелефът наистина е все още забележимо свеж.“

"Because I made this bas-relief last night, after a dream."

„Защото направих този барелеф снощи, след сън.“

"A dream of strange cities and stranger people."

„Сън за непознати градове и непознати хора.“

"And dreams are older than brooding Tyros."

„И сънищата са по-стари от мрачните Тироси.“

"Dreams are older than the contemplative Sphinx."

„Сънищата са по-стари от съзерцателния Сфинкс.“
"And dreams are older than the garden-girdled Babylon."
„И сънищата са по-стари от оградения с градини
Вавилон.“
This type of speech turned out to be characteristic of him.
Този тип реч се оказа характерен за него.
It was then that he began that rambling tale.
Тогава той започна тази несвързана история.
The tale which suddenly played upon a sleeping memory.
Историята, която внезапно прозвуча върху спящ спомен.
The tale that won the fevered interest of my uncle.
Историята, която спечели трескавия интерес на чичо ми.

***

There had been a slight earthquake tremor the night before.
Предната нощ е имало леко земетресение.
**The most considerable tremor New England had felt for
some years.**
Най-значителното трус, което Нова Англия беше усещала
от няколко години.
**Wilcox's imagination had been keenly affected by the
earthquake.**
Въображението на Уилкокс беше силно повлияно от
земетресението.
**He had had an unprecedented dream of great Cyclopean
cities.**
Той беше сънувал безпрецедентен сън за велики
циклопски градове.
He dreamed of Titan blocks and sky-flung monoliths.
Той мечтаеше за блокове от Титан и монолити, издигащи
се до небето.
All the architecture was dripping with green ooze.
Цялата архитектура беше обляна в зелена слуз.
And his dreams were sinister with latent horror.
И сънищата му бяха зловещи от скрит ужас.
Hieroglyphics had covered the walls and pillars.

Йероглифи бяха покривали стените и колоните.

From somewhere underneath there came a sound.

Някъде отдолу се чу звук.

The sound was of a voice, but it was not a voice.

Звукът беше на глас, но не беше глас.

A chaotic sensation which only fancy could transmute into sound.

Хаотично усещане, което само въображението би могло да превърне в звук.

He attempted to say the almost unpronounceable word.

Той се опита да каже почти непроизносимата дума.

A jumble of unlikely letters; "Cthulhu fhtagn".

Смесица от неочаквани букви; „Ктулху фхтагн “.

This verbal jumble was the key to my uncle's recollection.

Тази словесна бъркотия беше ключът към спомена на чичо ми.

This strange sound excited and disturbed Professor Angell.

Този странен звук развълнува и смути професор Ангел.

He questioned the sculptor with scientific minuteness.

Той разпита скулптора с научна прецизност.

He studied the bas-relief with almost frantic intensity.

Той изучава барелефа с почти неистова интензивност.

My uncle blamed his old age, Wilcox afterward said.

Чичо ми обвиняваше старостта си, каза по-късно Уилкокс.

In his younger days he would have recognized the hieroglyphics.

В младостта си той би разпознал йероглифите.

The pictorial design wouldn't have puzzled his sharper mind.

Изобразителният дизайн не би озадачил по-острия му ум.

Many of his questions seemed highly out of place to his visitor.

Много от въпросите му се сториха крайно неуместни на посетителя му.

He tried to connect him to strange mythological cults.

Той се опита да го свърже със странни митологични култове.

He tried to get him to admit affiliation to secret societies.
Той се опитал да го накара да признае принадлежност към тайни общества.
My uncle even promised to keep his visitor's secret.
Чичо ми дори обеща да пази тайната на посетителя си.
"Are you not part of a widespread mystical group?"
„Не сте ли част от широко разпространена мистична група?"
"Are you not a member of a paganly religious body?"
„Не си ли член на езическа религиозна общност?"
Eventually he became convinced the sculptor wasn't a member.
В крайна сметка той се убедил, че скулпторът не е член.
He was indeed ignorant of any cult or system of cryptic lore.
Той наистина не знаеше за никакъв култ или система от загадъчни знания.
He besieged his visitor with demands for future reports of dreams.
Той обсади посетителя си с искания за бъдещи разкази за сънища.
This strange request bore regular and interesting fruit.
Тази странна молба дава редовни и интересни плодове.

***

After the first interview the manuscript records daily calls.
След първото интервю ръкописът записва ежедневните разговори.
He related startling fragments of nocturnal imagery.
Той разказа стряскащи фрагменти от нощни образи.
There were always the same themes in his dreams.
В сънищата му винаги имаше едни и същи теми.
A terrible Cyclopean vista of dark and dripping stone.
Ужасна циклопска гледка от тъмен и капещ камък.
A subterranean voice or intelligence shouting monotonously.

Подземен глас или интелигентен сигнал, крещещ
монотонно.

Two sounds seemed to repeat themselves in his dreams.

Два звука сякаш се повтаряха в сънищата му.

But these sounds were as enigmatic as the other sounds.

Но тези звуци бяха също толкова загадъчни, колкото и
останалите.

**The sounds can only be rendered by the letters "Cthulhu"
and "R'lyeh".**

Звуците могат да бъдат предадени само с буквите
„Ктулху" и „ Р'льех".

**On March 23rd, the manuscript continued, Wilcox failed to
come.**

На 23 март, продължава ръкописът, Уилкокс не дойде.

My uncle made inquiries at the quarters of his whereabouts.

Чичо ми разпита къде се намира той.

**That night he had been stricken with an obscure sort of
fever.**

Същата нощ го беше покосила някаква неясна треска.

**And he was taken to the home of his family in Waterman
Street.**

И той беше отведен в дома на семейството си на улица
„Уотърман".

That night he had cried out in one of his dreams.

Същата нощ той извика в един от сънищата си.

His cries aroused several other artists in the building.

Виковете му събудиха няколко други художници в
сградата.

**And he was between alternations of unconsciousness and
delirium.**

И той се намираше между редуващи се безсъзнание и
делириум.

My uncle at once telephoned the family of Wilcox.

Чичо ми веднага се обади по телефона на семейство
Уилкокс.

And from that time forward he kept close watch of the case.

И оттогава нататък той следеше случая отблизо.

He called often at the Thayer Street office of Dr. Tobey.
Той често посещаваше кабинета на д-р Тоби на улица
„Тайър".
Dr. Tobey was in charge of the patient's condition.
Д-р Тоби отговаряше за състоянието на пациента.
The youth's febrile mind was dwelling on strange things.
Трескавият ум на младежа се занимаваше със странни
неща.
The doctor shuddered now and then as he spoke of the
dreams.
Докторът потрепваше от време на време, докато говореше
за сънищата.
The dreams repeated a lot of the earlier themes.
Сънищата повтаряха много от по-ранните теми.
But now his dreams made mention of something new.
Но сега сънищата му споменаваха нещо ново.
A gigantic thing "a miles high" which walked, or lumbered
about.
Гигантско нещо „високо няколко мили", което ходеше или
се движеше тромаво наоколо.
He at no time fully described this object in any detail.
Той никога не е описвал подробно този обект.
But Dr. Tobey relayed the frantic words of his patient.
Но д-р Тоби предаде трескавите думи на своя пациент.
And the professor became increasingly certain of what it
was.
И професорът ставаше все по-уверен какво е то.
The nameless monstrosity he had sought to depict in his
sculpture.
Безименното чудовище, което се беше опитал да изобрази
в скулптурата си.
The doctor had mentioned the bas-relief he had made.
Докторът беше споменал барелефа, който беше направил.
This mention preludes the young man's subsidence into
lethargy.
Това споменаване предвещава потъването на младия мъж
в летаргия.

His temperature, oddly enough, was not greatly above normal.

Температурата му, колкото и да е странно, не беше много над нормалната.

But his general condition suggested he was in a fever.

Но общото му състояние подсказваше, че е с треска.

A fever, as opposed to being in the grasp of a mental disorder.

Треска, за разлика от това да си в хватката на психично разстройство.

***

On April 2nd at about 3 p.m. the fever came to an end.

На 2 април, около 15:00 часа, треската спря.

Every trace of Wilcox's malady suddenly ceased.

Всяка следа от болестта на Уилкокс внезапно изчезна.

He sat upright in bed as if waking up from regular sleep.

Той седеше изправен в леглото, сякаш се събуждаше от обикновен сън.

He was astonished to find himself at his parents' home.

Той беше изумен, когато се озова в дома на родителите си.

And he was completely ignorant of what had happened.

И той беше напълно невеж за случилото се.

Neither dream nor reality had made an impression on his mind.

Нито сънят, нито реалността бяха направили отпечатък в съзнанието му.

Dr. Tobey pronounced him fit to be dismissed from his care.

Д-р Тоби го обяви за годен да бъде изписан от лекар.

And he returned to his quarters three days later.

И той се върна в квартирата си три дни по-късно.

But to Professor Angell he was of no further assistance.

Но за професор Ангел той не беше от по-голяма полза.

All traces of strange dreaming had vanished with his recovery.

Всички следи от странни сънища бяха изчезнали с възстановяването му.

For a week he recounted irrelevant and thoroughly usual visions.

В продължение на една седмица той разказваше неуместни и напълно обичайни видения.

And my uncle kept no further record of his night-thoughts.

И чичо ми не водеше повече записи на нощните си мисли.

At this point the first part of the manuscript ended.

На този етап първата част на ръкописа приключваше.

But my research was still anything but concluded.

Но моето проучване все още не беше приключило.

References to scattered notes helped piece things together.

Препратките към разпръснати бележки помогнаха да се сглобят нещата.

And there was more than enough material for thought.

И имаше повече от достатъчно материал за размисъл.

My distrust of the artist had still not subsided.

Недоверието ми към художника все още не беше отшумяло.

But this was largely a result of my ingrained skepticism.

Но това до голяма степен беше резултат от моя дълбоко вкоренен скептицизъм.

The notes described the dreams of various persons.

Бележките описваха сънищата на различни хора.

These dreams all occurred while young Wilcox was in his fever.

Всички тези сънища се случиха, докато младият Уилкокс беше в треска.

My uncle, it seems, wasted no time in collecting the data.

Изглежда, че чичо ми не е губил време в събирането на данните.

He had quickly instituted a prodigiously far-flung body of inquiries.

Той бързо беше започнал изключително широк набор от разследвания.

Any friend that didn't show impertinence he questioned.

Всеки приятел, който не проявяваше нахалство, той разпитваше.

He requested from them nightly reports of their dreams.

Той поиска от тях нощни разкази за сънищата им.

And he asked if they had had any notable visions of late.

И той попита дали са имали някакви забележителни видения напоследък.

The reception of his request seems to have been varied.

Изглежда, че молбата му е била посрещната с различна реакция.

But there was certainly no shortage in replies.

Но със сигурност нямаше недостиг на отговори.

No ordinary man could have handled the replies alone.

Никой обикновен човек не би могъл да се справи сам с отговорите.

The original correspondences were not preserved.

Оригиналните кореспонденции не са запазени.

But his notes formed a thorough and significant digest.

Но бележките му представляваха задълбочен и значителен дайджест.

***

Initially he had approached average people in society.

Първоначално той се е обръщал към обикновените хора в обществото.

New England's traditional "salt of the earth".

Традиционната „сол на земята" на Нова Англия.

But this group gave an almost completely negative result.

Но тази група даде почти напълно отрицателен резултат.

Though there were some exceptions to this group too.

Въпреки че и в тази група имаше някои изключения.

Scattered cases of uneasy but formless nocturnal impressions.

Разпръснати случаи на тревожни, но безформени нощни впечатления.

Their reports were always between March 23rd and April
2nd.

Техните доклади винаги са били между 23 март и 2 април.

This aligned with the same period of young Wilcox's
delirium.

Това съвпада със същия период на делириума на младия
Уилкокс.

Men of science had been only a little more affected.

Хората на науката бяха само малко по-засегнати.

Though four cases of vague description were of interest.

Въпреки че четири случая с неясно описание
представляваха интерес.

They had had fugitive glimpses of strange landscapes.

Бяха зърнали бегли проблясъци от странни пейзажи.

And in one case a dread of something abnormal was
mentioned.

И в един случай беше споменат страх от нещо необичайно.

It was from the artists and poets that the pertinent answers
came.

Именно от художниците и поетите дойдоха съответните
отговори.

It is a blessing no one had been able to compare notes.

Благословия е, че никой не е успял да сравни бележките
си.

Panic would have broken loose had they shared their
visions.

Паниката щеше да избухне, ако бяха споделили виденията
си.

This, however, did not dispel my ingrained skepticism.

Това обаче не разсея дълбоко вкоренения ми скептицизъм.

Others might have come to mythical conclusions much
quicker.

Други може би биха стигнали до митични заключения
много по-бързо.

But the original letters were lacking from the notes.

Но оригиналните букви липсваха в бележките.

I half suspected the compiler of having asked leading questions.

Почти подозирах, че съставителят е задал навеждащи въпроси.

Or perhaps the correspondences weren't entirely original.

Или може би кореспонденциите не са били напълно оригинални.

Perhaps my uncle had resolved to confirm Wilcox's dreams.

Може би чичо ми беше решил да потвърди сънищата на Уилкокс.

That is why I continued to feel suspicious of the sculptor.

Ето защо продължавах да се чувствам подозрителен към скулптора.

Perhaps he was still cognizant of my uncle's old data.

Може би все още е бил наясно със старите данни на чичо ми.

Perhaps he had been imposing on the veteran scientist.

Може би се е натрапвал на ветерана учен.

Nonetheless, the corroborating data had to be investigated.

Въпреки това, потвърждаващите данни трябваше да бъдат проучени.

***

The responses from the esthetes told a disturbing tale.

Отговорите на естетите разказаха обезпокоителна история.

From February 28th to April 2nd their dreams aligned.

От 28 февруари до 2 април мечтите им съвпаднаха.

And a large proportion of them had dreamed very bizarre things.

И голяма част от тях бяха сънували много странни неща.

The timing of the intensity of their dreams was also of interest.

Интерес представляваше и времето на интензивност на сънищата им.

The period of the sculptor's delirium marked a highpoint.

Периодът на делириума на скулптора бележи връхна
точка.
**The intensity of their dreams were immeasurably the
stronger.**
Интензивността на мечтите им беше неизмеримо по-
силна.
**Over a quarter reported unfamiliar and unpronounceable
sounds.**
Над една четвърт съобщават за непознати и
непроизносими звуци.
Noises not dissimilar to what Wilcox had also described.
Шумове, не много различни от описаните от Уилкокс.
**Some described highly elaborate and impossible
architecture.**
Някои описваха изключително сложна и невъзможна
архитектура.
And some of the dreamers confessed to an acute fear.
А някои от сънуващите признаха за остър страх.
Like Wilcox, they had seen some gigantic nameless thing.
Подобно на Уилкокс, те бяха видели някакво гигантско
безименно нещо.
**One case, which the note describes with emphasis, was very
sad.**
Един случай, който бележката описва с акцент, беше
много тъжен.
The subject was a widely known architect of the region.
Обектът беше широко известен архитект в региона.
He too had leanings toward theosophy and occultism.
Той също имаше склонности към теософията и окултизма.
This man went violently insane on March the 22nd.
Този мъж полудя безумно на 22 март.
The exact same date of young Wilcox's seizure.
Точно същата дата на припадъка на младия Уилкокс.
He expired several months later, after incessant screaming.
Той издъхна няколко месеца по-късно, след непрестанни
писъци.
He begged to be saved from some escaped denizen of hell.

Той се молеше да бъде спасен от някой избягал обитател
на ада.
Regrettably, my uncle did not refer to these cases by name.
За съжаление, чичо ми не спомена тези случаи поименно.
Instead, all studies were given nothing more than a number.
Вместо това, на всички проучвания е дадено само число.
**This way I was limited in attempting any personal
investigation.**
По този начин бях ограничен в опитите си да проведа
каквото и да е лично разследване.
And corroborating the evidence further was demanding.
И допълнителното потвърждаване на доказателствата
беше взискателно.
But finally I did succeed in tracing down some cases.
Но най-накрая успях да проследя някои случаи.
I should have trusted the notes from my uncle.
Трябваше да се доверя на бележките от чичо ми.
They reported their dreams true to their reports.
Те съобщиха, че сънищата им са верни на докладите им.
**I have often wondered what they thought the questioning
meant.**
Често съм се чудил какво според тях означаваше разпитът.
It is for the best that no explanation shall ever reach them.
Най-добре е никакво обяснение никога да не стигне до тях.

***

**As I have mentioned, my uncle also collected press
clippings.**
Както споменах, чичо ми също събираше изрезки от
пресата.
These press clippings corresponded to the dates in question.
Тези изрезки от пресата съответстваха на въпросните дати.
The sources were scattered throughout the globe.
Източниците бяха разпръснати по целия свят.
Professor Angell must have employed a cutting bureau.
Професор Ангел сигурно е наел бюро за кроене.

Because the number of extracts was tremendous.
Защото броят на откъсите беше огромен.
There was a parallel to this part of his research.
Имаше паралел с тази част от изследването му.
Cases of panic, mania, and eccentricity.
Случаи на паника, мания и ексцентричност.
One case was a nocturnal suicide in London.
Един от случаите е нощно самоубийство в Лондон.
A lone sleeper had leaped from a window after a shocking cry.
Самотен спящ човек беше скочил от прозорец след шокиращ вик.
A rambling letter to the editor of a paper in South America.
Неразбираемо писмо до редактора на вестник в Южна Америка.
A fanatic deduces a dire future from visions he had had.
Фанатик си прави изводи за мрачно бъдеще от видения, които е имал.
A dispatch from California describes a theosophist colony.
В едно съобщение от Калифорния се описва теософска колония.
They donned white robes en masse for some "glorious fulfilment".
Те масово обличаха бели одежди за някакво „славно удовлетворение“.
Although that "glorious fulfilment" never arose.
Въпреки че това „славно изпълнение“ никога не се е случило.
There seems to be serious unrest from the natives in India.
Изглежда има сериозно недоволство от местното население в Индия.
Voodoo orgies multiplied in Haiti.
Вуду оргиите се умножиха в Хаити.
African outposts report ominous mutterings.
Африканските аванпостове съобщават за зловещи мърморения.

**American officers in the Philippines find certain tribes
bothersome.**

Американските офицери във Филипините намират някои
племена за обезпокоителни.

New York policemen are mobbed by hysterical Levantines.

Нюйоркските полицаи са обсадени от истерични
левантийци.

This occurred exactly on the night of March 22-23.

Това се случи точно в нощта на 22 срещу 23 март.

**The west of Ireland, too, was full of wild rumor and
legendry.**

Западна Ирландия също беше пълна с диви слухове и
легенди.

**A fantastic painter named Ardois-Bonnot made the news in
France.**

Един фантастичен художник на име Ардоа-Бонно стана
известен във Франция.

**He hung a blasphemous dream landscape in the Paris spring
salon.**

Той окачи богохулствен пейзаж-мечта в парижкия
пролетен салон.

**The recorded troubles in insane asylums were
immeasurable.**

Записаните проблеми в лудниците бяха неизмерими.

**A miracle must have kept the medical fraternities
unsuspecting.**

Някакво чудо сигурно е запазило медицинските братства
неподозиращи.

But they never noted the strange parallelisms of the cases.

Но те никога не са забелязали странните паралели между
случаите.

Else they too would have come to mystified conclusions.

Иначе и те щяха да стигнат до объркани заключения.

**I must confess these were indeed a set of weird paper
cuttings.**

Трябва да призная, че това наистина бяха странни изрезки
от хартия.

My uncle had put forward a convincing argument.

Чичо ми беше представил убедителен аргумент.

I can't explain how I set the evidence aside.

Не мога да обясня как отхвърлих доказателствата.

But my callous rationalism took the upper hand.

Но моят безчувствен рационализъм взе надмощие.

And I was still suspicious of the young sculptor, Wilcox.

И все още бях подозрителен към младия скулптор Уилкокс.

He must have known of the older matters mentioned by the professor.

Той сигурно е знаел за по-старите въпроси, споменати от професора.

The Tale of Inspecter Legrasse
Историята на инспектор Леграс

Let me turn your attention away from the young sculptor.
Нека отклоня вниманието ви от младия скулптор.
And let us focus on the second half of the manuscript.
И нека се съсредоточим върху втората половина на ръкописа.
A few dreams alone would not have been so significant.
Няколко сънища сами по себе си не биха били толкова значими.
The bas-relief could have been dismissed as a hoax.
Барелефът би могъл да бъде отхвърлен като измама.
But my uncle had previously been primed to take interest.
Но чичо ми преди това беше подготвен да проявява интерес.
Wilcox's dream seemed to have a link to past events.
Сънят на Уилкокс сякаш имаше връзка с минали събития.
It wasn't the first time that he had heard that word.
Не беше първият път, когато чуваше тази дума.
The ominous syllables perhaps written as "Cthulhu".
Зловещите срички може би са написани като „Ктулху".
He had seen and heard of similar descriptions before.
Беше виждал и чувал подобни описания и преди.
The hellish outlines of the nameless monstrosity.
Адските очертания на безименното чудовище.
He had previously puzzled over the same hieroglyphics.
Преди това той се беше замислял над същите йероглифи.
All this produced a horrible connection of events.
Всичко това доведе до ужасна връзка на събитията.
It is no wonder he pursued young Wilcox with queries.
Не е чудно, че е преследвал младия Уилкокс с въпроси.
And we must not be surprised he interrogated Wilcox so.
И не бива да се изненадваме, че е разпитвал Уилкокс по този начин.
This earlier experience had come in the year of 1908.
Това по-ранно преживяване се е случило през 1908 г.

Seventeen years before Wilcox came to my great-uncle.
Седемнайсет години преди Уилкокс да дойде при моя прачичо.
The archeological society were meeting in St. Louis.
Археологическото дружество се събираше в Сейнт Луис.
Professor Angell had a prominent part in the deliberations.
Професор Ангел изигра важна роля в обсъжданията.
His responsibilities befitted one of his authority.
Неговите отговорности подобаваха на човек с неговата власт .
He was one of the first to be approached by several outsiders.
Той беше един от първите, към когото се обърнаха няколко външни лица.
They took advantage of the convocation to offer questions.
Те се възползваха от събранието, за да задават въпроси.
They hoped for correct answering from an expert.
Те се надяваха на правилен отговор от експерт.
They each had very peculiar types of problems.
Всеки от тях имаше много специфични проблеми.
And they required very different types of solutions.
И те изискваха много различни видове решения.
The chief of these was a common-looking middle-aged man.
Главният от тях беше обикновен на вид мъж на средна възраст.
And he quickly became the meeting's focus of interest.
И той бързо се превърна в център на интерес на срещата.

***

He had traveled to St. Louis all the way from New Orleans.
Той беше пътувал до Сейнт Луис чак от Ню Орлиънс.
He had come to the meeting for special information.
Той беше дошъл на срещата за специална информация.
Knowledge that could not be unobtained from local source.
Знания, които не биха могли да бъдат получени неот местен източник.

His name was John Raymond Legrasse, police inspector.
Казваше се Джон Реймънд Леграс, полицейски инспектор.
He bore with him the mysterious subject of his inquiries.
Той носеше със себе си мистериозния предмет на своите разследвания.
A grotesque and apparently very ancient stone statuette.
Гротескна и очевидно много древна каменна статуетка.
A statuette whose origin no one had been able to determine.
Статуетка, чийто произход никой не е успял да определи.
But don't assume Inspector Legrasse was an archeologist.
Но не предполагайте, че инспектор Леграс е бил археолог.
He had very little interest in archeology, nor mythology.
Той имаше много малък интерес към археологията, нито към митологията.
His wish for enlightenment had rather different motivations.
Неговото желание за просветление имаше доста различни мотиви.
He was prompted to come by purely professional considerations.
Той беше подтикнат да дойде от чисто професионални съображения.
The statuette had been captured as part of a police raid.
Статуетката е била заловена при полицейска акция.
Although whether it was even a statuette wasn't determined.
Въпреки че не беше установено дали изобщо е било статуетка.
It could also have been an idol, magic fetish, or charm.
Може да е било и идол, магически фетиш или амулет.
Whatever it was, it had been captured some months previously.
Каквото и да беше, беше заловено преди няколко месеца.
A meeting was being held in the wooded swamps of New Orleans.
В гористите блата на Ню Орлиънс се провеждаше среща.
The police had been tipped of about a supposed voodoo meeting.

Полицията била информирана за предполагаема среща с вудуисти.

Strange and hideous rites connected with the voodoo circle.

Странни и ужасни ритуали, свързани с вуду кръга.

The police could not but realize what they had stumbled on.

Полицията не можеше да не осъзнае в какво се е натъкнала.

A dark cult previously totally unknown to the authorities.

Тъмен култ, досега напълно непознат на властите.

Infinitely more sinister than what an outsider could expect.

Безкрайно по-зловещо, отколкото би могъл да очаква външен човек.

More diabolic than the blackest of the African voodoo circles.

По-дяволски дори от най-черния от африканските вуду кръгове.

Unbelievable tales were extorted from the captured cult members.

Невероятни истории бяха изтръгнати от заловените членове на култа.

But nothing of the relic's origin could be discovered.

Но нищо за произхода на реликвата не можа да бъде открито.

Hence the anxiety of the police for any antiquarian lore.

Оттук и безпокойството на полицията за всякакви антикварни знания.

Ancient mythology might explain the frightful symbol.

Древната митология може да обясни ужасяващия символ.

Deeper knowledge could perhaps track the fountain-head.

По-задълбочени познания може би биха могли да проследят извора.

Inspector Legrasse was not prepared for the excitement he created.

Инспектор Леграс не беше подготвен за вълнението, което създаде.

One sight of the mysterious object was all that was required.

Един поглед към мистериозния обект беше всичко, което беше необходимо.

The assembled men of science were filled with curiosity.

Събраните учени бяха изпълнени с любопитство.

They lost no time in crowding closely around the inspector.

Те не губеха време и се струпаха плътно около инспектора.

And they all tried to get the best look at the diminutive figure.

И всички се опитваха да видят по най-добрия начин дребната фигура.

***

The genuinely abysmal antiquity inspired wild imagination.

Истински бездънната древност вдъхновяваше необуздано въображение.

The strangeness hinted so potently at unopened and archaic vistas.

Странността намекваше толкова силно за неоткрити и архаични перспективи.

No recognized school of sculpture had animated this terrible object.

Никое признато училище по скулптура не беше оживило този ужасен обект.

Yet centuries seemed recorded in the dim and greenish surface.

И все пак векове сякаш бяха записани в матовата и зеленикава повърхност.

Perhaps thousands of years were hidden in this unplaceable stone.

Може би хиляди години са били скрити в този неуловим камък.

The figurine was finally passed slowly from man to man.

Накрая фигурката бавно била предадена от човек на човек.

Each scientist carefully studied the strange markings of the stone.

Всеки учен внимателно изучи странните белези на камъка.

The work was between seven and eight inches in height.

Творбата беше с височина между седем и осем инча.

And the exquisite artistic workmanship must be noted.

И изящната художествена изработка трябва да се отбележи.

The carvings represented a monster of vaguely anthropoid outline.

Резбите изобразяваха чудовище с неясно антропоидни очертания.

On the face of the octopus-esque head was a mass of feelers.

По лицето на главата, подобна на октопод, имаше множество пипала.

Prodigious claws on hind and fore feet protruded from the body.

Огромни нокти на задните и предните крака стърчаха от тялото.

The bloated corpulence had a rubbery looking quality to it.

Подутата пълнежност имаше гумен вид.

And from behind the rubbery body came out two narrow wings.

И отзад на гуменото тяло се показаха две тесни крила.

It would be instinctual to think of this thing as fearsome.

Инстинктивно би било да мислим за това нещо като за страховито.

There was an unnatural malignancy to the aura of the creature.

В аурата на съществото имаше някаква неестествена злоба.

The gargantuan squatted evilly on a rectangular block.

Гигантският клекна зловещо върху правоъгълен блок.

The pedestal it was on was covered with undecipherable characters.

Пиедесталът, на който беше поставен, беше покрит с неразгадаеми знаци.

The tips of the wings touched the back edge of the block.

Върховете на крилата докосваха задния ръб на блока.

The creature was sitting on the middle of the giant block.

Съществото седеше по средата на гигантския блок.

Its legs were doubled up under its monstrous body.

Краката му бяха прегънати под чудовищното му тяло.

The long, curved claws gripped the front edge of the cliff.

Дългите, извити нокти стискаха предния ръб на скалата.

The cephalopod head was bent forward, observing its kingdom.

Главата на главоногия беше наведена напред, наблюдавайки своето царство.

The ends of the facial feelers brushed the backs of huge forepaws.

Краищата на лицевите пипала докосваха задните части на огромни предни лапи.

And the forepaws clasped the croucher's elevated knees.

И предните лапи обхванаха повдигнатите колене на клекналия.

The appearance of the grotesque scene was abnormally lifelike.

Гротескната сцена изглеждаше необичайно реалистично.

But this lifelike quality only added a subtle reason to be more fearful.

Но това реалистично качество само добавяше още една едва доловима причина за по-голям страх.

Because we knew nothing about the source of the depiction.

Защото не знаехме нищо за източника на изображението.

The creature's vast, awesome, and incalculable age was unmistakable.

Огромната, страховита и неизчислима възраст на съществото беше безспорна.

But not one link did the depiction show with any known type of art.

Но изображението не показваше нито една връзка с който и да е известен вид изкуство.

Not even the earliest civilizations made reference to this creature.

Дори най-ранните цивилизации не са споменавали това същество.

But that is not the only point at which our knowledge failed us.

Но това не е единственият момент, в който знанията ни ни подведоха.

***

The mineralogy of the stone was also a complete mystery.

Минералогията на камъка също беше пълна загадка.

Gold specks dotted the soapy, greenish-black stone.

Златни петънца бяха осеяни с сапунени, зеленикаво-черни камъни.

Iridescent striations ran along the length of the stone.

По дължината на камъка се простираха преливащи се ивици.

In short, the stone resembled nothing within mineralogy.

Накратко, камъкът не приличаше на нищо в рамките на минералогията.

Geologists hadn't been able to identify the stone either.

Геолозите също не бяха успели да идентифицират камъка.

The hieroglyphs along the stone were equally baffling.

Йероглифите по камъка бяха също толкова озадачаващи.

The writing system was horribly different than other scripts.

Писмената система беше ужасно различна от другите писмености.

A representation of half the world's leading experts was present.

Присъстваше представителство на половината водещи световни експерти.

But no link to any known writing system could be established.

Но не можа да се установи връзка с никоя известна писмена система.

Everything frightfully suggested an old and unhallowed cycle of life.

Всичко ужасяващо подсказваше за стар и нечестив цикъл на живота.

A history in which our world and our conceptions played no part.

История, в която нашият свят и нашите представи не са играли никаква роля.

The experts shook their heads, admitting they had been defeated.

Експертите поклатиха глави, признавайки, че са били победени.

But one expert did not give up quite so quickly.

Но един експерт не се отказа толкова бързо.

He claimed to have a touch of bizarre familiarity with the subject.

Той твърдеше, че е донякъде странно запознат с темата.

The monstrous shape and writing weren't entirely new to him.

Чудовищната форма и надпис не бяха съвсем нови за него.

With some diffidence he told of the odd trifle he knew.

С известно плахост той разказа за странната дреболия, която знаеше.

This person was the late William Channing Webb.

Този човек беше покойният Уилям Чанинг Уеб.

He was professor of anthropology in Princeton University.

Той беше професор по антропология в Принстънския университет.

And he was an explorer of no small significance.

И той беше изследовател с не малко значение.

***

Forty-eight years ago he was exploring Greenland and Iceland.

Преди четиридесет и осем години той е изследвал Гренландия и Исландия.

His group were in search of some Runic inscriptions.

Неговата група търсеше някакви рунически надписи.

But the expedition failed to unearth any inscriptions.

Но експедицията не успя да открие никакви надписи.

They trekked the heights of West Greenland's coasts.

Те изкачиха височините на бреговете на Западна Гренландия.

Here they encountered a strange cult of degenerate Eskimos.

Тук те се натъкнали на странен култ от дегенеративни ескимоси.

Their religion consisted of a form of devil-worship.

Тяхната религия се състоеше от форма на поклонение на дявола.

And their rituals were deliberately bloodthirsty and repulsive.

И ритуалите им бяха умишлено кръвожадни и отблъскващи.

It was a faith of which other Eskimos knew little.

Това беше вяра, за която другите ескимоси знаеха малко.

Locals shuddered at the mention of their practices.

Местните жители потръпваха при споменаването на техните практики.

They said their believes came from horribly ancient eons.

Те казаха, че вярванията им идват от ужасно древни еони.

A time before the world as we know it now had ever been made.

Време преди светът, какъвто го познаваме сега, да е бил създаден.

There were human sacrifices and queer hereditary rituals.

Имаше човешки жертвоприношения и странни наследствени ритуали.

And all their worship was directed at a supreme tornasuk.

И цялото им поклонение беше насочено към върховен торнасук .

Professor Webb had taken a phonetic copy from an aged angekok.

Професор Уеб беше взел фонетично копие от един възрастен ангекок.

He had transcribed the wizard-priest's chants as best he could.

Той беше преписал песнопенията на магьосника-жрец, доколкото можеше.

But currently these transcriptions weren't of prime significance.

Но в момента тези транскрипции не бяха от първостепенно значение.

The cult had a cherished stone that they worshipped.

Култът имал ценен камък, на който се покланяли.

They danced wildly when the aurora leaped over the ice cliffs.

Те танцуваха диво, когато полярното сияние прескочи ледените скали.

And in the midst of their dance was the strange stone.

И посред танца им се намираше странният камък.

It was, the professor stated, a very crude bas-relief of stone.

Професорът заяви, че това е много груб барелеф от камък.

The stone comprised a hideous picture and some cryptic writing.

Камъкът съдържаше ужасяваща картина и някакъв загадъчен надпис.

And as far as he could tell this stone was a rough parallel.

И доколкото можеше да прецени, този камък беше груб паралел.

The stone had all the same essential features of bestial things.

Камъкът притежаваше всички същите основни характеристики на зверските същества.

The scientists received this data with suspense and astonishment.

Учените приеха тези данни с напрежение и учудване.

Even Inspector Legrasse had quickly gained an interest in mythology.

Дори инспектор Леграс бързо бе развил интерес към митологията.

And he began at once to ply his informant with questions.

И той веднага започна да засипва информатора си с въпроси.

He had notes of the oral ritual of the cult-worshipers in the swamp.

Той имаше записки за устния ритуал на поклонниците на култа в блатото.

He besought the professor to remember the diabolist Eskimos' chants.

Той умоляваше професора да си спомни дяволските песнопения на ескимосите.

There then followed an exhaustive comparison of details.

След това последва изчерпателно сравнение на детайлите.

And there then followed a moment of really awed silence.

И след това последва момент на наистина благоговейно мълчание.

The Eskimo wizards and the Louisiana swamp-priests were worlds apart.

Ескимосските магьосници и блатните жреци от Луизиана бяха напълно различни светове.

And yet there was a phrase the two hellish rituals had in common.

И все пак имаше една обща фраза между двата адски ритуала.

"Ph'nglui mglw'nafh Cthulhu R'lyeh wgah'nagl fhtagn."

Пх'нглуи мглв'нафх Ктулху Р'льех вгах'нагл хаштаг."

***

Legrasse had one advantage over Professor Webb.

Леграс имаше едно предимство пред професор Уеб.

He had spoken to several of his mongrel prisoners.

Той беше разговарял с няколко от своите затворници-мелези.

Some of them had passed on the phrase's meaning.

Някои от тях бяха предали значението на фразата.

"In his house at R'lyeh dead Cthulhu waits dreaming."

„В къщата си в Р'льех мъртвият Ктулху чака и сънува.“

So the attention turned back to Inspector Legrasse.

И така вниманието се насочи отново към инспектор Леграс
.
And he was probed with many disconnected questions.
И му бяха зададени много несвързани въпроси.
He detailed his experience with the worshipers from the swamp.
Той разказа подробно преживяването си с поклонниците от блатото.
My uncle attached profound significance to the story.
Чичо ми отдаваше дълбоко значение на историята.
The report savored of the wildest dreams of myth-makers.
Докладът ухаеше на най-смелите мечти на създателите на митове.
Theosophists could not have provided more imagination.
Теософите не биха могли да предложат повече въображение.
But the philosophies came from unexpected sources.
Но философиите идват от неочаквани източници.
Half-castes and pariahs told these fantastical stories.
Мелетанци и парии разказваха тези фантастични истории.
On November 1st, 1907, his chain of events unfolded.
На 1 ноември 1907 г. се разгръща веригата от събития.
The New Orleans police received desperate calls.
Полицията на Ню Орлиънс получи отчаяни обаждания.
They were called to the swamp and lagoon country to the south.
Те бяха призовани в блатата и лагунната страна на юг.
The settlers there were mostly primitive, but good-natured.
Заселниците там били предимно примитивни, но добродушни.
Most living by the swamp were descendants of Lafitte's men.
Повечето от живеещите край блатото бяха потомци на хората на Лафит.
But now they were in the grip of stark terror.
Но сега те бяха обзети от силен ужас.
An unknown thing had stolen upon them in the night.

Нещо непознато се беше промъкнало сред тях през нощта.

It was voodoo, apparently, that caused the disturbance.

Очевидно вуду е причинило безредиците.

But it was a voodoo unlike the other forms of voodoo.

Но това беше вуду, различно от другите форми на вуду.

Voodoo of a more terrible sort than they had ever known.

Вуду от по-страшен вид, отколкото някога са познавали.

Some of their women and children had disappeared.

Някои от жените и децата им бяха изчезнали.

A malevolent drumming had begun its incessant beating.

Зловещо барабанене беше започнало непрестанния си блъскан.

Far and deep within those dark, black haunted woods.

Далеч и дълбоко в онези тъмни, черни, обитавани от духове гори.

There, where no dweller dared to ventured close to.

Там, където никой обитател не смееше да се приближи.

There were insane shouts and harrowing screams.

Чуваха се безумни викове и мъчителни писъци.

Soul-chilling chants and dancing devil-flames.

Смразяващи душата песнопения и танцуващи дяволски пламъци.

The messenger and his people could stand it no more.

Пратеникът и неговите хора не можеха да го издържат повече.

A body of twenty police set out in the late afternoon.

В късния следобед тръгна група от двадесет полицаи.

And a shivering settler came with them as a guide.

И един треперещ от страх заселник дойде с тях като водач.

***

At the end of the passable road they alighted.

В края на проходимия път те слязоха.

For miles and miles they splashed on in silence.

Километри и километри те се плискаха мълчаливо.

And they went on through the terrible cypress woods.

И те продължиха през ужасните кипарисови гори.
Dark, dark woods in which day but almost never came.
Тъмни, тъмни гори, в кой ден, но почти никога не идваше.
Ugly roots set traps for them in the wet ground.
Грозни корени им поставят капани във влажната земя.
Malignant hanging nooses of Spanish moss beset them.
Злокачествени висящи примки от испански мъх ги обгръщат.
In the distance the settlement slowly came into sight.
В далечината селището бавно се очертаваше.
Hysterical dwellers ran out of the miserable huts.
Истерични обитатели изтичаха от мизерните колиби.
They clustered around the group of bobbing lanterns.
Те се струпаха около групата поклащащи се фенери.
Far, far ahead the cause of all the fear could be heard.
Далеч, далеч напред можеше да се чуе причината за целия страх.
The muffled beat of drums was now faintly audible.
Приглушеният ритъм на барабаните вече се чуваше едва доловимо.
At times the wind shifted and revealed different sounds.
Понякога вятърът се променяше и разкриваше различни звуци.
Curdling shrieks were audible at infrequent intervals.
На редки интервали се чуваха смразяващи писъци.
A reddish glare seemed to filter through the undergrowth.
Червеникав блясък сякаш се процеждаше през храстите.
The settlers were reluctant to be left alone again.
Заселниците не искаха да бъдат оставени отново сами.
But they point blank refused to move forwards either.
Но те категорично отказаха да продължат напред.
So the inspector and his colleagues plunged on unguided.
И така, инспекторът и колегите му се впуснаха в неконтролируема дейност.
And they went into the black arcades of horror.
И те влязоха в черните аркади на ужаса.
The region was one of traditionally evil repute.

Регионът традиционно е бил с лоша репутация.

The lands were substantially unknown by white men.

Земите бяха до голяма степен непознати за белите мъже.

Not many explorers had traversed those regions yet.

Не много изследователи бяха прекосили тези региони досега.

There were also legends of a hidden away lake.

Имаше и легенди за скрито езеро.

A body of water still unglimpsed by mortal sight.

Воден басейн, все още незабелязан от смъртния поглед.

In the lake it was said there dwelt a strange creature.

Говореше се, че в езерото живее странно същество.

A huge, formless white polypous thing with luminous eye.

Огромно, безформено бяло полипозно нещо със светещо око.

And settlers whispered about bat-winged devils.

И заселниците шепнеха за дяволи с крила на прилеп.

They flew up out of caverns from the inner earth.

Те излетяха от пещери на вътрешността на земята.

And together the demons worship it at midnight.

И заедно демоните му се покланят в полунощ.

They said it had been there before D'Iberville.

Казаха, че е било там преди Д'Ибервил.

They said it had been there before La Salle too.

Казаха, че е било там и преди Ла Сал.

They said it was there before the Native Americans.

Казаха, че е било там преди коренното население на Америка.

Perhaps it was even there before the wholesome beasts.

Може би е било там дори преди здравословните зверове.

It was a nightmare itself that made men dream.

Това самият беше кошмар, който караше мъжете да мечтаят.

And to see the thing was the same as death.

И да видиш това нещо беше все едно да умреш.

And so they had enough warning to know to keep away.

И така, те бяха достатъчно предупредени, за да стоят настрана.

Because it was indeed where they were warned it was.

Защото наистина беше там, където бяха предупредени, че е.

The voodoo orgy was on the fringe of this abhorred area.

Вуду оргията беше в покрайнините на тази отвратителна област.

But the location was already bad enough by itself.

Но местоположението само по себе си беше достатъчно лошо.

The voodoo activities only added to the horror.

Вуду дейностите само засилваха ужаса.

Perhaps poetry could do justice to the noises heard.

Може би поезията би могла да отдаде дължимото на чутите шумове.

Otherwise only madness would help one understand.

В противен случай само лудостта би помогнала на човек да разбере.

But Legrasse's plowed on through the black morass.

Но Леграс продължи да си проправя път през черното блато.

The sound of the muffled drumming slowly crystalized.

Звукът от приглушения барабанен ритъм бавно кристализираше.

And they continued steadily towards the red glare.

И те продължиха неуклонно към червения блясък.

***

There are vocal qualities specific to men.

Има вокални качества, специфични за мъжете.

And there are vocal qualities specific to beasts.

И има вокални качества, специфични за зверовете.

It is terrible when one makes the sounds of the other.

Ужасно е, когато единият издава звуците на другия.

Animal fury freed them of their human restraint.

Животинската ярост ги освободи от човешката им
сдържаност.
Orgiastic license whipped them into demoniac heights.
Оргиастното разпуснато поведение ги е бичувало до
демонични висини.
Howls that tore through those perpetually dark woods.
Воеве, които разкъсваха онези вечно тъмни гори.
Squawking ecstasies that echoed in everyone's mind.
Кряскащи екстази, които отекнаха в съзнанието на всички.
Sounds like pestilential tempests from the gulfs of hell.
Звучи като зловещи бури от бездните на ада.
Now and then the less organized ululations would cease.
От време на време по-неорганизираните вопли спираха.
A well-drilled chorus of hoarse voices rose in singsong.
Добре обучен хор от дрезгави гласове се издигна в напевен
вик.
And they chanted that hideous phrase of their ritual.
И те скандираха онази отвратителна фраза от своя ритуал.
"Ph'nglui mglw'nafh Cthulhu R'lyeh wgah'nagl fhtagn"
Пх'нглуи мглв'нафх Ктулху Р'льех вгах'нагл хаштаг"
Then the men reached a spot where the trees were sparser.
Тогава мъжете стигнали до място, където дърветата били
по-редки.
Suddenly they come in sight of the spectacle itself.
Изведнъж те се озовават пред самото зрелище.
Four of them reeled from the horrible things they saw.
Четирима от тях се замаяха от ужасните неща, които
видяха.
One man fainted, and two were shaken into a frantic cry.
Един мъж припадна, а двама бяха разтърсени и извикаха
неистово.
Fortunately their screams were not heard by other ears.
За щастие, писъците им не бяха чути от други уши.
The mad cacophony of the orgy deadened their screams.
Безумната какофония на оргията заглуши писъците им.
Legrasse splashed swamp water on the fainting man.
Леграс обля припадналия мъж с блатна вода.

They stood up again, but nearly hypnotized with horror.

Те се изправиха отново, но почти хипнотизирани от ужас.

In a natural glade of the swamp stood a grassy island.

В естествена поляна на блатото се извисяваше тревист остров.

The grassy island extended perhaps for an acre.

Тревистият остров се простираше може би на около акър.

And the area was clear of trees and tolerably dry.

И районът беше чист от дървета и сравнително сух.

A horde of human abnormality leaped and twisted.

Орда от човешка аномалия подскочи и се изви.

No Sime could paint what the men were seeing.

Никой Симе не би могъл да нарисува това, което мъжете виждаха.

No Angarola has ever painted such an indescribable scene.

Никой Ангарола не е рисувал такава неописуема сцена.

The hybrid spawn made a monstrous ring-shaped bonfire.

Хибридният хайвер образуваше чудовищен огън с форма на пръстен.

They brayed bellowed and writhed about in their nudity.

Те ревеха, ревяха и се гърчеха в голотата си.

Occasionally there were rifts in the curtain of flame.

От време на време в пламъчната завеса се появяваха пукнатини.

And there the object of their worship revealed itself.

И там се разкри обектът на тяхното поклонение.

In the midst of the fire stood a great granite monolith.

В средата на огъня стоеше огромен гранитен монолит.

The stone structure was only about eight feet in height.

Каменната конструкция беше висока само около осем фута.

And the noxious carven statuette rested on the monolith.

И отровната издълбана статуетка лежеше върху монолита.

The idle was almost incongruous in its diminutiveness.

Бездействието беше почти несъответстващо в своята миниатюрност.

Spaced evenly, scaffolds had been erected around the fire.

Около огъня бяха издигнати скелета, разположени на равномерно разстояние един от друг.

From the scaffolding hung a number of marred bodies.

От скелето висяха няколко обезобразени тела.

The bodies of those that had disappeared from nearby.

Телата на изчезналите отблизо.

It was inside this circle the ring of worshipers were.

се намираха поклонниците .

And they roared and jumped in the frantic trance.

И те ревяха и скачаха в неистов транс.

The general direction of the motion was anti-clockwise.

Общата посока на движението беше обратно на часовниковата стрелка.

The ring of bodies circling around the ring of fire.

Пръстенът от тела, кръжащи около огнения пръстен.

One man recollected other details even more concerning.

Един мъж си спомни други, още по-тревожни подробности.

But perhaps the echoes induced him to hear other things.

Но може би ехото го е накарало да чуе и други неща.

He fancied he heard antiphonal responses to the ritual.

Струваше му се, че чува антифонни отговори на ритуала.

Noises from an unillumined spot deeper within the woods.

Шумове от неосветено място дълбоко в гората.

This man, Joseph D. Galvez, I later met and questioned.

По-късно срещнах и разпитах този човек, Джоузеф Д. Галвес.

And he proved to indeed be distractingly imaginative.

И той наистина се оказа разсейващо въображаем.

He even hinted at the faint beating of great wings.

Той дори намекна за слабото размахване на огромни криле.

And he suggested there was a glimpse of shining eyes.

И той предположи, че е зърнало блестящи очи.

And beyond the trees, a mountainous white bulk of something.

А отвъд дърветата, планинска бяла маса от нещо.

I suppose he had heard too much native superstition.
Предполагам, че е чул твърде много местни суеверия.
But actually the horrified pause was relatively brief.
Но всъщност ужасената пауза беше сравнително кратка.
Duty came first, and they had come to do a job.
Дългът беше на първо място, а те бяха дошли да си свършат работата.

***

There must have been nearly a hundred mongrel celebrants.
Сигурно е имало близо сто празнуващи мелези.
But the police were able to rely on their firearms.
Но полицията можеше да разчита на огнестрелните си оръжия.
And they plunged determinedly into the nauseous rout.
И те решително се впуснаха в отвратителния бяг.
For five minutes the chaotic din was beyond description.
В продължение на пет минути хаотичният шум беше неописуем.
Wild blows were struck and shots were fired.
Нанасяха се диви удари и се изстрелваха изстрели.
Some escaped arrest by running into the darkness.
Някои избегнаха ареста, като избягаха в тъмнината.
They had a better knowledge of the layout of the swamp.
Те познаваха по-добре разположението на блатото.
But Legrasse and his men caught around half of them.
Но Леграс и хората му хванаха около половината от тях.
And they counted around forty-seven sullen prisoners.
И преброиха около четиридесет и седем намръщени затворници.
They were forced to put on their clothes again.
Те бяха принудени да облекат дрехите си отново.
And they fell into line between two rows of policemen.
И те се наредиха в редица между два реда полицаи.
Five of the worshipers lay dead by the fire.
Петима от богомолците лежаха мъртви край огъня.

Two severely wounded prisoners were carried away.

Двама тежко ранени затворници бяха отнесени.

Of course the image on the monolith was removed.

Разбира се, изображението върху монолита беше премахнато.

Legrasse himself took the evidence to the police station.

Леграс занесъл доказателствата в полицейското управление.

The trip back to the headquarters was of intense strain.

Пътуването обратно до централата беше изключително напрегнато.

The men were examined when they got back to civilization.

Мъжете бяха прегледани, когато се върнаха в цивилизацията.

The prisoners all proved to be men of a very low type.

Всички затворници се оказаха мъже от много нисък тип.

They were all mixed-blooded, and mentally aberrant.

Всички те бяха със смесена кръв и психически ненормални.

Most were seamen by trade, or some similar professions.

Повечето бяха моряци по занаят или с подобни професии.

Negroes and mulattoes were sprinkled among them.

Сред тях бяха разпръснати негри и мулати.

But most seemed to be West Indians or Brava Portuguese.

Но повечето изглеждаха като западноиндийци или португалци от Брава.

They primarily came from the Cape Verde Islands.

Те идваха предимно от островите Кабо Верде.

They gave the heterogeneous cult a coloring of voodooism.

Те придадоха на хетерогенния култ окраска на вудуизъм.

But there wasn't even a need to ask too many questions.

Но дори нямаше нужда да се задават твърде много въпроси.

The conclusion quickly became manifest by itself.

Заключението бързо стана очевидно от само себе си.

Something far deeper than negro fetishism was involved.

Ставаше дума за нещо далеч по-дълбоко от негърския фетишизъм.

Although ignorant, but their story was consistent.

Макар и невежи, историята им беше последователна.

The creatures all spoke of the same central idea.

Всички същества говореха за една и съща централна идея.

They certainly all shared the same loathsome faith.

Със сигурност всички те споделяха една и съща отвратителна вяра.

They worshiped, so they said, the great old ones.

Те почитали, както казвали, великите древни.

The great old ones lived long before there were any men.

Великите древни са живели много преди да има хора.

And they came to the young world out of the sky.

И те дойдоха в младия свят от небето.

Those old ones were now gone, they explained.

Тези стари вече ги нямаше, обясниха те.

They were now inside the earth and under the sea.

Сега те бяха под земята и под морето.

But their dead bodies found ways to tell their secrets.

Но труповете им намираха начини да разкрият тайните си.

They whispered into the dreams of the first men.

Те шепнеха в сънищата на първите хора.

And the first men formed a cult which has never died.

И първите хора създали култ, който никога не е умрял.

***

The cult had always existed, and always would exist.

Култът винаги е съществувал и винаги ще съществува.

Their followers were hidden in wastes all over the world.

Техните последователи бяха скрити в пустините по целия свят.

Their followers were in dark places explorers overlooked.

Техните последователи бяха на тъмни места, пренебрегвани от изследователите.

And they would remain hidden until they were called.

И щяха да останат скрити, докато не бъдат повикани.

When the great priest Cthulhu rises again to the surface.

Когато великият жрец Ктулху отново се издига на повърхността.

When Cthulhu brings the earth again beneath his sway.

Когато Ктулху отново подчинява земята под властта си.

When Cthulhu leaves from his dark house in the mighty city of R'lyeh.

Когато Ктулху напуска тъмната си къща в могъщия град Р'льех .

Some day he was going call, when the stars were ready.

Някой ден щеше да се обади, когато звездите бяха готови.

And the secret cult will always be waiting to liberate him.

И тайният култ винаги ще чака да го освободи.

Meanwhile, no more of his story must be told.

Междувременно, не бива да се разказва повече от неговата история.

There was a secret even torture could not extract.

Имаше тайна, която дори мъченията не можеха да изтръгнат.

Mankind was not alone among the conscious things of earth.

Човечеството не беше единственото сред съзнателните неща на земята.

Because shapes came out of the dark to visit the faithful few.

Защото от тъмнината изникнаха силуети, за да посетят малцината верни.

But these were not the great old ones.

Но това не бяха великите стари.

No man had ever seen the great old ones.

Никой човек никога не беше виждал великите стари.

The carven idol was of great Cthulhu.

Издълбаният идол беше на великия Ктулху.

None could say whether the others were like him.

Никой не можеше да каже дали останалите са като него.

No one could read the old writing now.

Сега никой не можеше да прочете старите писания.

Instead, things were told by word of mouth.

Вместо това, нещата се разказваха от уста на уста.

The chanted ritual was not the secret.

Сканираният ритуал не беше тайната.

The secret was never spoken aloud, only whispered.

Тайната никога не се изричаше на глас, само се шепнеше.

The chant meant one thing, and one thing alone:

Скандирането означаваше едно и само едно нещо:

"In his house at R'lyeh dead Cthulhu waits dreaming."

„В къщата си в Р'льех мъртвият Ктулху чака и сънува.“

Only two of the prisoners were found sane enough to be hanged.

Само двама от затворниците бяха признати за достатъчно вменяеми, за да бъдат обесени.

The rest of them were committed to various institutions.

Останалите от тях бяха настанени в различни институции.

All denied to have taken any part in the ritual murders.

Всички отрекоха да са участвали в ритуалните убийства.

They said the killing had been done by something else.

Те казаха, че убийството е извършено от нещо друго.

"The black-winged ones," the each insisted, separately.

„Чернокрилите“, настояваше всяка от тях поотделно.

They had come to them from their immemorial meeting-place.

Те бяха дошли при тях от незапомненото им място за срещи.

They had arisen out from the haunted woodlands.

Те бяха изникнали от обитаваните от духове гори.

But the stories of mysterious allies were inconsistent.

Но историите за мистериозни съюзници бяха противоречиви.

***

What the police did extract came mainly from one man.

Това, което полицията е извляла, е дошло главно от един мъж.

An immensely aged mestizo named Castro.

Изключително стар метис на име Кастро.

He claimed to have sailed to strange ports.

Той твърдял, че е плавал до странни пристанища.

And he said he had been to the mountains of China.

И той каза, че е бил в планините на Китай.

There he talked with undying leaders of the cult.

Там той разговарял с безсмъртните водачи на култа.

Old Castro remembered bits of hideous legend.

Старият Кастро си спомняше откъслечни отвратителни легенди.

His legends paled the speculations of theosophists.

Неговите легенди засенчваха спекулациите на теософите.

His stories made man seem like a recent creation.

Неговите истории караха човека да изглежда като новосъздадено творение.

Even the world was transient in his account of things.

Дори светът беше преходен в неговия разказ за нещата.

There had been eons when other Things ruled on the earth.

Имало еони, когато други Неща са управлявали земята.

And they had had great cities here on the earth.

И те са имали големи градове тук, на земята.

The deathless Chinamen told him reserved secrets.

Безсмъртните китайци му разказаха пазени тайни.

He had told him their ruins could still be found.

Той му беше казал, че руините им все още могат да бъдат намерени.

There were still Cyclopean stones on islands in the Pacific.

Все още е имало циклопски камъни на островите в Тихия океан.

They all died vast epochs of time before man came.

Всички те са умрели огромни епохи от време, преди да се появи човекът.

But there were knowledges and practices in ancients arts.

Но в древните изкуства е имало знания и практики.

Special rituals which could revive them again, in time.

Специални ритуали, които биха могли да ги съживят отново, след време.

In the cycle of eternity their return was inevitable.

В цикъла на вечността завръщането им беше неизбежно.

When the stars come round again to the right positions

Когато звездите отново заемат правилните си позиции

They had, indeed themselves come from the stars.

Те наистина бяха дошли от звездите.

"These great old ones," Castro continued.

„Тези страхотни стари“, продължи Кастро.

They were not composed entirely of flesh and blood.

Те не бяха съставени изцяло от плът и кръв.

They had shape," Castro insisted, confidently.

„Те имаха форма“, настоя уверено Кастро.

And he had strange proof for what he believed.

И той имаше странни доказателства за това, в което вярваше.

But the shape they took on was not made of matter.

Но формата, която приеха, не беше направена от материя.

When the stars were in their right positions.

Когато звездите бяха на правилните си позиции.

Then they could plunge from one world to another.

След това те биха могли да се гмурнат от един свят в друг.

Because they can move themselves through the sky.

Защото могат да се движат сами по небето.

But when the stars were wrong, they cannot live.

Но когато звездите грешат, те не могат да живеят.

And it is true that they no longer live like we do.

И е вярно, че те вече не живеят като нас.

But despite that, they never really die either.

Но въпреки това, те никога не умират истински.

They rest in stone houses in their great city of R'lyeh.

Те почиват в каменни къщи в големия си град Р'льех .

They are preserved by the spells of mighty Cthulhu.

Те са запазени от магиите на могъщия Ктулху.

So there they lie, unaffected by the passing of time.

И така лежат те там, незасегнати от течението на времето.

And they wait for another glorious resurrection.

И те чакат още едно славно възкресение.

When the stars and earth are ready for them again.

Когато звездите и земята отново са готови за тях.

But they are still dependent on an outside force.

Но те все още са зависими от външна сила.

A force from outside served to liberate their bodies.

Външна сила послужи за освобождаването на телата им.

The spells preserved them and kept them intact.

Магиите ги запазиха и ги запазиха непокътнати.

But the spells also kept them from breaking free.

Но магиите също така им попречиха да се освободят.

So they could only lie awake in the dark and think.

Така че те можеха само да лежат будни в тъмното и да мислят.

***

In the meantime uncounted millions of years rolled by.

Междувременно се изтъркролиха безброй милиони години.

They knew all that was occurring in the universe.

Те знаеха всичко, което се случва във Вселената.

Because their mode of speech was transmitted thought.

Защото техният начин на реч е бил предаване на мисли.

Even now they were talking in their tombs.

Дори сега те разговаряха в гробниците си.

Then, after infinities of chaos, the first men came.

Тогава, след безкрайни хаос, дойдоха първите хора.

The great old ones spoke to the sensitive among them.

Великите старци говореха на чувствителните сред тях.

They spoke to them by molding their dreams.

Те им говориха, като оформяха мечтите им.

Only that way could their language reach the fleshly minds of mammals.

Само по този начин езикът им би могъл да достигне до плътските умове на бозайниците.

Then, whispered Castro, those first men formed the cult.

Тогава, прошепна Кастро, тези първи мъже са създали
култа.
They organized themselves around small idols.
Те се организираха около малки идоли.
The small idols which the great ones had shown them.
Малките идоли, които великите им бяха показали.
Idols brought from dim eras from dark stars.
Идоли, донесени от мрачни епохи от тъмни звезди.
That cult would never die till the stars came right again.
Този култ никога нямаше да умре, докато звездите не се
изправят отново.
**The secret priests were going to take great Cthulhu from His
tomb.**
Тайните жреци щяха да вземат великия Ктулху от
гробницата Му.
And they were going to revive His subjects.
И те щяха да съживят Неговите поданици.
And then Cthulhu was going to resume His rule of earth.
И тогава Ктулху щеше да възобнови управлението си на
земята.
The right time was going to reveal itself quite clearly.
Подходящият момент щеше да се разкрие съвсем ясно.
**At that time mankind will have become as the great old
ones.**
По това време човечеството ще е станало като великите
древни.
They will be free and wild and beyond good and evil.
Те ще бъдат свободни и диви и отвъд доброто и злото.
Laws and morals are going to be thrown aside.
Законите и моралът ще бъдат пренебрегнати.
All men will be shouting and killing and reveling in joy.
Всички мъже ще викат, ще убиват и ще се радват.
Then the liberated old ones will teach them the new ways.
Тогава освободените стари ще ги научат на новите начини.
New ways to shout and kill and revel and enjoy.
Нови начини да викаш, да убиваш, да се веселиш и да се
наслаждаваш.

And all the earth will flame with a holocaust of ecstasy and freedom.

И цялата земя ще пламне с холокост на екстаз и свобода.

Meanwhile the cult had to practice the appropriate rites.

Междувременно култът трябваше да практикува съответните обреди.

They had to keep alive the memory of those ancient ways.

Те трябваше да запазят жив спомена за тези древни обичаи.

And they had to shadow forth the prophecy of their return.

И те трябваше да предвещават пророчеството за завръщането си.

In the elder time chosen men spoke with the entombed Old Ones.

В древността избрани мъже са разговаряли с погребаните Древни.

The entombed Old Ones spoke to them in their dreams.

Погребаните Древни им говореха в сънищата.

But then something disturbed their means of communication.

Но тогава нещо наруши средствата им за комуникация.

The great stone in the city R'lyeh had sunk beneath the waves.

Големият камък в град Р'лиех беше потънал под вълните.

And the monoliths and sepulchers were beneath the waters.

И монолитите, и гробниците бяха под водите.

Deep waters full of the one primal mystery.

Дълбоки води, пълни с единствената първична мистерия.

Waters through which not even thought can pass.

Води, през които дори мисълта не може да премине.

Water that cut off their spectral communication.

Вода, която прекъсва спектралната им комуникация.

But the memory of the rites and rituals never died.

Но споменът за обредите и ритуалите никога не е умирал.

And high priests said that the city would rise again.

И първосвещениците казаха, че градът ще се въздигне отново.

When the stars were right Cthulhu was going to return.

Когато звездите бяха правилните, Ктулху щеше да се завърне.

The moldy black spirits of the earth will come out again.

Мухлясалите черни духове на земята ще излязат отново.

Shadowy black spirits full of dim rumors.

Сенчести черни духове, пълни с мрачни слухове.

*****

The spirits collected in caverns beneath forgotten sea-bottoms.

Духовете се събирали в пещери под забравени морски дъна.

But of those spirits old Castro dared not speak much.

Но за тези духове старият Кастро не смееше да говори много.

And he hurriedly cut himself off from the topic.

И той набързо се откъсна от темата.

No amount of persuasion could elicit more in this direction.

Никакво количество убеждаване не би могло да предизвика повече в тази посока.

No subtlety could convince him to speak of those spirits.

Никаква финес не можеше да го убеди да говори за тези духове.

The size of the old ones, too, he curiously declined to mention.

Размерът на старите също, той любопитно отказа да спомене.

And of the cult he spoke very little too.

И за култа той също говореше много малко.

He thought the center lay amid the pathless deserts of Arabia.

Той смяташе, че центърът се намира сред безпътните пустини на Арабия.

There in Irem, the City of Pillars, dreams hidden and untouched.

Там, в Ирем, Градът на стълбовете, мечти скрити и недокоснати.

This cult was not allied to the European witch-cult.

Този култ не е бил свързан с европейския култ към вещиците.

And the cult was virtually unknown beyond its members.

И култът беше практически непознат извън членовете си.

No book had ever really hinted of their knowledge.

Нито една книга никога не беше загатвала за техните знания.

Though the deathless Chinamen said the mad Arab Abdul Alhazred came close.

Въпреки че безсмъртните китайци казваха, че лудият арабин Абдул Алхазред е бил близо до това.

He said that there were double meanings in his Necronomicon.

Той каза, че в неговия „Некрономикон" има двойни значения.

The initiated were free to read it if they wanted to.

Посветените можеха свободно да го прочетат, ако желаят.

And they should pay attention to one couplet in particular.

И те трябва да обърнат внимание на един куплет по-специално.

"That which is not dead can sleep for eternity,"

„Това, което не е мъртво, може да спи вечно"

"And with strange eons even death may die."

„И с необикновени еони дори смъртта може да умре."

Legrasse had been deeply impressed by what he heard.

Леграс беше дълбоко впечатлен от чутото.

And he was not a little bewildered by the tale.

И той не малко беше объркан от разказа.

He inquired in vain about the historic affiliations of the cult.

Той напразно разпитваше за историческата принадлежност на култа.

Castro, apparently, had told the truth about the oath of secrecy.

Кастро, очевидно, беше казал истината за клетвата за тайна.

The authorities at Tulane University could not offer much help either.

Властите в университета Тулейн също не можаха да предложат особена помощ.

The were not able to shed no light upon neither cult, nor the image.

Те не успяха да хвърлят светлина нито върху култа, нито върху образа.

And now the detective had come to the highest authorities in the country.

И сега детективът беше стигнал до най-висшите власти в страната.

And he heard none other than Professor Webb' tale in Greenland.

И той чу не друг, а разказа на професор Уеб в Гренландия.

***

Legrasse's tale aroused feverish interest at the meeting.

на Леграс предизвика трескав интерес на срещата.

The story was not only significant in its implications.

Историята беше важна не само заради последиците си.

But the story was also corroborated by the statuette.

Но историята беше потвърдена и от статуетката.

The excitement echoed in the subsequent correspondence.

Вълнението отекна в последвалата кореспонденция.

Those who attended stayed in close contact with each other.

Присъстващите поддържаха тесен контакт помежду си.

Although scant mention occurs in the formal publications.

Въпреки че се споменава оскъдно в официалните публикации.

Caution is the first care of those accustomed to charlatanry.

Предпазливостта е първата грижа на онези, свикнали с шарлатанство.

Impostures are kept out as much as it is possible.

Измамите се пазят от възможно най-голяма степен.

Legrasse for some time lent the image to Professor Webb.

Леграс за известно време предостави изображението на професор Уеб.

But at the latter's death the image was returned to him.

Но след смъртта на последния изображението му било върнато.

And the image remains in Legrasse's possession.

И изображението остава притежание на Леграс .

This is where I viewed the terrible image not long ago.

Ето къде видях ужасната картина неотдавна.

The image is unmistakably akin to Wilcox' dream-sculpture.

Образът е безпогрешно подобен на скулптурата-сън на Уилкокс.

It was no wonder my uncle was so excited by his tale.

Не беше чудно, че чичо ми беше толкова развълнуван от разказа му.

And I'm not surprised he made the efforts he made.

И не се изненадвам, че е положил усилията, които е положил.

He had heard everything Legrasse knew of the cult.

Беше чул всичко, което Леграс знаеше за култа.

And the strange cultish dreams of a sensitive young man.

И странните култови мечти на един чувствителен млад мъж.

The bas-relief just like the one from the swamp.

Барелефът е точно като този от блатото.

The addition of the devil tablet in Greenland.

Добавянето на дяволската таблетка в Гренландия.

The exact same words used in three remote occurrences.

Абсолютно същите думи, използвани в три отдалечени случая.

The Eskimo diabolists, the mongrels in Louisiana, and then Wilcox.

Ескимосските диаболисти, мелезите в Луизиана и след това Уилкокс.

What other conclusion could one possibly have come to?

До какъв друг извод би могъл да стигне човек?
It's only natural Professor Angel pursued this conclusion.
Съвсем естествено е професор Ангел да стигне до това заключение.
And I wouldn't have expected him to be less thorough.
И не бих очаквал да бъде по-малко старателен.
My great-uncle was a man of principled academic rigor.
Моят прачичо беше човек с принципна академична строгост.
Though privately I also had other plausible theories.
Въпреки че тайно имах и други правдоподобни теории.
I suspected young Wilcox of having heard of the cult.
Подозирах, че младият Уилкокс е чувал за култа.
Maybe he had heard of the cult in some indirect way.
Може би беше чувал за култа по някакъв косвен начин.
He could easily have invented a series of dreams.
Той лесно би могъл да измисли поредица от сънища.
That way he could heighten and continue the mystery.
По този начин той би могъл да засили и продължи мистерията.
The dream-narratives and cuttings collected did of course corroborate.
Събраните разкази за сънища и изрезки, разбира се, потвърждаваха.
But the rationalism of my mind had not yet been satisfied.
Но рационализмът на ума ми все още не беше задоволен.
Coincidences can form highly believable illusions too.
Съвпаденията също могат да формират силно правдоподобни илюзии.
And we have to bear in mind the extravagance of the whole subject.
И трябва да имаме предвид екстравагантността на цялата тема.
So I was led to adopt what I thought the most sensible conclusions.
Така бях подтикнат да приема заключенията, които смятах за най-разумни.

I thoroughly studied the manuscript from the beginning.

Внимателно изучих ръкописа от самото начало.

And I correlated the theosophical and anthropological notes.

И съпоставих теософските и антропологичните бележки.

I compared the literature with the cult narrative of Legrasse.

Сравних литературата с култовия наратив на Леграс .

I made a trip to Providence to see the sculptor.

Пътувах до Провидънс, за да видя скулптора.

And I intended to give him the rebuke I thought proper.

И възнамерявах да му отправя укора, който смятах за уместен.

There must be consequences, I felt, for the trick he played.

Трябва да има последствия, чувствах аз, за номера, който изигра.

He had boldly imposed himself upon a learned and aged man.

Той смело се беше наложил на един учен и възрастен човек.

***

Wilcox still lived alone where my uncle had met him.

Уилкокс все още живееше сам там, където чичо ми го беше срещнал.

In the Fleur-de-Lys Building in Thomas Street.

В сградата „Фльор дьо Лис“ на улица „Томас“.

A hideous Victorian imitation of Seventeenth Century Breton architecture.

Отвратителна викторианска имитация на бретонската архитектура от XVII век.

The building flaunted its stuccoed front amidst its surroundings.

Сградата стърчеше с мазилката си фасада сред околностите си.

There were lovely Colonial houses on the ancient hill.

На древния хълм имаше прекрасни колониални къщи.

And the house stood under the shadow of the finest
Georgian steeple in America.
И къщата стоеше под сянката на най-хубавата грузинска
камбанария в Америка.
I found him at work in his rooms, among his sculptures.
Намерих го да работи в стаите му, сред скулптурите му.
The specimens scattered came from a very unique mind.
Разпръснатите образци произлизат от един много
уникален ум.
At once I conceded that his genius is indeed profound and
authentic.
Веднага признах, че геният му наистина е дълбок и
автентичен.
He has crystallized in clay that which Arthur Machen evokes
in prose.
Той е кристализирал в глина това, което Артър Мейкън
извиква в прозата.
He mirrored in marble the nightmares Clark Ashton Smith
put to canvas.
Той отрази в мрамор кошмарите, които Кларк Аштън
Смит пренесе върху платно.
He will, I believe, be spoken of one day as one of the great
decadents.
Вярвам, че един ден ще се говори за него като за един от
великите декаденти.
He was dark, frail, and somewhat unkempt in aspect.
Той беше мургав, крехък и някак небрежен на външен вид.
He turned languidly at my knock on his door.
Той се обърна лениво, когато почуках на вратата му.
He didn't rise from his seat when I came in.
Той не стана от мястото си, когато влязох.
And he asked me what the purpose of my visit was.
И ме попита каква е целта на посещението ми.
When I told him who I was his interest was piqued.
Когато му казах кой съм, интересът му се разпали.
My uncle had excited his curiosity by probing his strange
dreams.

Чичо ми беше събудил любопитството му, като разпитваше странните му сънища.

Although he had never explained the reason for the study.

Въпреки че никога не беше обяснил причината за проучването.

I did not enlarge his knowledge in this regard.

Не разширих познанията му в това отношение.

But I sought with some subtlety to gain his confidence.

Но аз се опитах с известна финес да спечеля доверието му.

In a short time I became convinced of his absolute sincerity.

За кратко време се убедих в абсолютната му искреност.

He spoke of the dreams in a manner none could mistake.

Той говореше за сънищата по начин, който никой не можеше да сбърка.

His dreams' subconscious residuum had influenced his art profoundly.

Подсъзнателните остатъци от сънищата му бяха оказали дълбоко влияние върху изкуството му.

He showed me a morbid statue of the likes I had never seen before.

Той ми показа една мрачна статуя, каквато никога преди не бях виждал.

The statue's contours almost made me shake with fear.

Контурите на статуята почти ме накараха да се разтреперя от страх.

The potency of the statue's black suggestion was overbearing.

Силата на черното внушение на статуята беше непосилна.

He could not recall having seen the original of this thing.

Той не можеше да си спомни да е виждал оригинала на това нещо.

But the statue was inspired by his own dream bas-relief.

Но статуята е била вдъхновена от неговия собствен барелеф от мечтата.

The outlines had formed themselves insensibly under his hands.

Очертанията се бяха оформили неусетно под ръцете му.

**It was, no doubt, the giant shape he had raved of in
delirium.**

Без съмнение това беше гигантската фигура, за която беше
бълнувал в делириум.

**That he really knew nothing of the hidden cult he soon
made clear.**

Че всъщност не знае нищо за скрития култ, той скоро
стана ясен.

**Only my uncle's relentless catechism had given him some
clues,**

Само безмилостният катехизис на чичо ми му беше дал
някои насоки,

And again I strove to explain the obvious conclusions away.

И отново се опитах да обясня очевидните заключения.

**How he could possibly have received the weird
impressions?**

Как е възможно да е получил тези странни впечатления?

He talked of his dreams in a strangely poetic fashion.

Той говореше за сънищата си по странно поетичен начин.

**He made me see with terrible vividness the vistas of his
dream.**

Той ме накара да видя с ужасяваща яркост гледките от
съня си.

The damp Cyclopean city of slimy green stone.

Влажният циклопски град от слузест зелен камък.

The geometry he oddly said, was all wrong.

Геометрията, както странно каза, беше изцяло грешна.

And he spoke of what he heard with frightened expectancy.

И той говореше за чутото с уплашено очакване.

The ceaseless, half-mental calling from underground:

Непрестанният, полументален зов от подземието:

"Cthulhu fhtagn... Cthulhu fhtagn"

„Ктулху фхтагн ... Ктулху фхтагн "

These words had formed part of that dreaded ritual.

Тези думи бяха част от онзи ужасен ритуал.

The ritual the told of dead Cthulhu's dream-vigil.

Ритуалът разказвал за съновидението на мъртвия Ктулху.

The ritual that told of his stone vault at R'lyeh.

Ритуалът, който разказваше за каменния му свод в Р'лиех .

And I felt deeply moved, despite my rational beliefs.

И се почувствах дълбоко развълнуван, въпреки рационалните си убеждения.

Wilcox, I was sure, had heard of the cult in some casual way.

Бях сигурен, че Уилкокс беше чувал за култа по някакъв мимоходом.

He spent his time in a mass of equally weird literature.

Той прекарваше времето си, забързан в купчина също толкова странна литература.

He must have forgotten the source of his knowledge.

Сигурно е забравил източника на знанията си.

Later the cult had found subconscious expression in his dreams.

По-късно култът намери подсъзнателен израз в сънищата му.

But this is natural when stories are so impressive.

Но това е естествено, когато историите са толкова впечатляващи.

Finally the cult's ideas manifested themselves in the bas-relief.

Накрая идеите на култа се проявили в барелефа.

And now the subject of the cult manifested itself in the terrible statue.

И сега обектът на култа се прояви в ужасната статуя.

I was convinced his imposture upon my uncle had been very innocent.

Бях убеден, че измамата му спрямо чичо ми е била съвсем невинна.

He both slightly affected, and slightly ill-mannered.

Той беше едновременно леко превзет и леко невъзпитан.

He had a disposition which I could never like.

Той имаше нрав, който никога не бих могъл да харесам.

But I was willing enough now to admit his genius.

Но сега бях достатъчно склонен да призная неговия гений.

And I have no way of denying his honesty either.

И нямам начин да отрека и неговата честност.

Despite my initial feelings, I took leave of him amicably.

Въпреки първоначалните ми чувства, аз се сбогувах с него приятелски.

And I wish him all the success his talent promises.

И му желая всички успехи, които талантът му обещава.

***

The matter of the cult continued to fascinate me.

Въпросът за култа продължаваше да ме очарова.

At times I had visions of the personal fame I could attain.

Понякога имах видения за личната слава, която бих могъл да постигна.

I visited New Orleans and talked with Legrasse.

Посетих Ню Орлиънс и разговарях с Леграс .

And I spoke with other policemen of that swamp raid.

И говорих с други полицаи от онзи рейд в блатото.

I saw the frightful image with my own eyes.

Видях ужасяващата картина със собствените си очи.

And I even questioned some of the surviving mongrel prisoners.

И дори разпитах някои от оцелелите затворници-мелези.

Old Castro, unfortunately, had been dead for some years.

Старият Кастро, за съжаление, беше мъртъв от няколко години.

What I now heard so graphically at first hand excited me afresh.

Това, което сега чух толкова ясно от първа ръка, ме развълнува отново.

Though it was really no more than a detailed confirmation.

Въпреки че всъщност не беше нищо повече от подробно потвърждение.

What they told me I had already read in my uncle's notes.

Това, което ми казаха, вече бях чел в бележките на чичо ми.

I felt sure that I was on the track of a very real secret.

Бях сигурен, че съм на следа на една много истинска тайна.

And I was sure I was going to discover a very ancient religion.

И бях сигурен, че ще открия една много древна религия.

The discovery would make me an anthropologist of note.

Откритието би ме направило известен антрополог.

My attitude was still one of absolute rational materialism.

Моето отношение все още беше на абсолютен рационален материализъм.

And I wish my attitude to the subject matter had not changed.

И бих искал отношението ми към темата да не се беше променило.

I discounted with almost inexplicable perversity the coincidences.

С почти необяснима перверзност отхвърлих съвпаденията.

The dream notes and odd cuttings collected by Professor Angell.

Бележките за сънищата и странните изрезки, събрани от професор Ангел.

One thing I began to doubt was the cause of my uncle's death.

Едно нещо, в което започнах да се съмнявам, беше причината за смъртта на чичо ми.

I began to suspect his death was far from natural.

Започнах да подозирам, че смъртта му далеч не е естествена.

And I now fear I know my uncle's death was not natural.

И сега се страхувам, че знам, че смъртта на чичо ми не е била естествена.

It was on a narrow hill street where he fell.

Падна на тясна хълмиста улица.

The street lead up from the ancient waterfront.

Улицата водеше нагоре от древния бряг.

The port-town swarms with foreign mongrels.

Пристанищният град гъмжи от чуждестранни мелези.

He fell after a careless push from a negro sailor.

Той падна след небрежно блъскане от един чернокож моряк.

I had not forgotten the mixed blood of the cult-members in Louisiana.

Не бях забравил смесената кръв на членовете на култа в Луизиана.

I had not forgotten the sailors in the voodoo orgy.

Не бях забравил моряците във вуду оргията.

And would not be surprised to learn that they had other knowledge too.

И няма да се изненада, ако научи, че имат и други знания.

Secret methods as anciently known as the cryptic rites.

Тайни методи, известни в древността като криптични ритуали.

Poison needles as ruthless their demonic beliefs.

Отровни игли като безмилостни към техните демонични вярвания.

Legrasse and his men, it is true, have been let alone.

Вярно е, че Леграс и хората му са били оставени на мира.

But in Norway a certain seaman who saw things is dead.

Но в Норвегия един моряк, който е видял неща, е мъртъв.

Might not sinister ears have picked up my uncle's interest in the sculptor?

Дали зловещи уши не са доловили интереса на чичо ми към скулптора?

Might not the deeper inquiries of my uncle have drawn someone's attention?

Не може ли по-задълбочените разпити на чичо ми да са привлекли нечие внимание?

I think Professor Angell died because he knew too much.

Мисля, че професор Ангел умря, защото знаеше твърде много.

Or he died because he was likely to learn too much.

Или е умрял, защото е имало вероятност да научи твърде много.

Whether I shall go out as he did remains to be seen.

Дали ще изляза като него, предстои да видим.

Because I too have learned much about Cthulhu.

Защото и аз научих много за Ктулху.

The Madness from the Sea
Лудостта от морето

There is one great boon heaven could grant me.

Има една голяма благодат, която небето би могло да ми даде.

The total effacing of the results of a mere chance.

Пълното заличаване на резултатите от една обикновена случайност.

I wish I had never seen that stray piece of paper.

Иска ми се никога да не бях виждал това разхвърляно листче хартия.

My daily routine would normally not have taken me there.

Ежедневието ми обикновено не би ме отвело там.

On any other day I would not have noticed anything.

Във всеки друг ден не бих забелязал нищо.

It was an old number of an Australian journal.

Беше стар брой на австралийско списание.

The Sydney Bulletin for April 18, 1925

Бюлетинът от Сидни за 18 април 1925 г.

The paper had even slipped past the cutting bureau.

Хартията дори се беше изплъзнала покрай бюрото за рязане.

I had largely given over my inquiries to a friend.

Бях до голяма степен предал запитванията си на приятел.

He had taken on the work of most of the research.

Той беше поел по-голямата част от изследователската работа.

He had come to refer to the group as the "Cthulhu Cult".

Той започнал да нарича групата „Култът на Ктулху“.

I was visiting my learned friend of Paterson, New Jersey.

Бях на гости на моя учен приятел в Патерсън, Ню Джърси.

The curator of a local museum, and a mineralogist of note.

Куратор на местен музей и известен минералог.

While at his museum I had access to the reserved specimens.

Докато бях в музея му, имах достъп до запазените
екземпляри.

And this is when an odd picture caught my attention.

И точно тогава една странна картина привлече
вниманието ми.

**Beneath one of the stones was the Sydney Bulletin I
mentioned.**

Под един от камъните беше споменатият от мен бюлетин
на Сидни.

**My friend has wide affiliations in all conceivable foreign
lands.**

Моят приятел има широки връзки във всички възможни
чужди страни.

The picture was a half-tone cut of a hideous stone image.

Картината беше полутонова изрезка на отвратително
каменно изображение.

**Almost identical with the stone Legrasse had found in the
swamp.**

Почти идентичен с камъка, който Леграс беше намерил в
блатото.

Eagerly I read the article for its precious contents.

С нетърпение прочетох статията заради ценното й
съдържание.

But I was disappointed to find that it was just a short article.

Но бях разочарован, когато открих, че това е само кратка
статия.

**Although brief, the information was of portentous
significance.**

Макар и кратка, информацията беше от зловеща важност.

***

"MYSTERY DERELICT FOUND AT SEA"

"МИСТЕРИОЗЕН ИЗОСТАВЕН ОТКРИТ В МОРЕТО"

Vigilant Arrives With Helpless Armed New Zealand Yacht in Tow.

Бдителен пристига с безпомощна въоръжена новозеландска яхта на теглене.

One Survivor and one Dead Man Found Aboard.

На борда са открити един оцелял и един мъртъв мъж.

Tale of Desperate Battle and Deaths at Sea.

Разказ за отчаяна битка и смъртни случаи в морето.

Rescued Seaman Refuses Particulars of Strange Experience.

Спасен моряк отказва да разкрие подробности за странното си преживяване.

Odd Idol Found in His Possession, Inquiry to Follow.

Странен идол, намерен в негово притежание, предстои разследване.

The Alert of Dunedin yacht, N.Z., had been disabled in battle.

Яхтата „Alert" от Дънидин, Нова Зеландия, беше унищожена в битка.

Previously the ship had left from Valparaiso on March 25th.

Преди това корабът е отплавал от Валпараисо на 25 март.

On April 2nd the ship was driven considerably south of her course.

На 2 април корабът беше отклонен значително на юг от курса си.

Exceptionally heavy storms had redirected the ship.

Изключително силни бури бяха променили посоката на кораба.

Monster waves forced the ship to take a different route.

Чудовищни вълни принудиха кораба да поеме по различен маршрут.

On April 12th the ship was sighted by another ship.

На 12 април корабът е забелязан от друг кораб.

Latitude 34° 21', Longitude 152° 17'

Географска ширина 34° 21', Географска дължина 152° 17'

Initially they thought the ship had been deserted.

Първоначално те си помислили, че корабът е бил изоставен.

But one still living man had been found on board.

Но на борда беше намерен един все още жив човек.

This lone survivor was in a half-delirious condition.

Този единствен оцелял беше в полуделирично състояние.

The only other victim found was a man already dead a week.

Единствената друга намерена жертва е мъж, мъртъв от преди седмица.

Now the heavily armed steam yacht was being towed.

Сега тежко въоръжената парна яхта беше теглена.

And this morning the ship was coming in to its wharf.

И тази сутрин корабът пристигаше на кея си.

The living man was clutching a horrible stone idol.

Живият мъж стискаше ужасен каменен идол.

The stone idol was about a foot in height.

Каменният идол беше висок около тридесет сантиметра.

And the origins of the stone were completely unknown.

А произходът на камъка беше напълно неизвестен.

Authorities at Sydney university were baffled.

Властите в университета в Сидни бяха озадачени.

The Royal Society couldn't offer information about the idol.

Кралското общество не можа да предостави информация за идола.

And the Museum in College street had no insights either.

И музеят на улица „Колеж" също нямаше никакви прозрения.

The survivor says he found the stone in the cabin of the yacht.

Оцелелият казва, че е намерил камъка в каютата на яхтата.

Allegedly the idol was in a small carved shrine.

Твърди се, че идолът е бил в малко издълбано светилище.

And the carvings of the shrine were of common pattern.

И резбите на светилището бяха с общ модел.

This man eventually recovered back to his senses.

Този човек най-накрая се съвзе.

And he told an exceedingly strange story of piracy and slaughter.

И той разказа една изключително странна история за пиратство и клане.

He is Gustaf Johansen, a Norwegian of some intelligence.

Той е Густаф Йохансен, норвежец с известна интелигентност.

And he had been second mate of the two-masted schooner Emma of Auckland.

И той беше втори помощник-капитан на двумачтовата шхуна „Ема от Окланд".

The ship sailed for Callao February 20th, manned by eleven sailors.

Корабът отплава за Каляо на 20 февруари, екипажът му е от единадесет моряци.

The ship, he says, was delayed and thrown widely south of her course.

Корабът, казва той, е бил забавен и е бил отклонен значително на юг от курса си.

There was a great storm on March 1st, and on March 22nd.

На 1 март и на 22 март имаше голяма буря.

On their journey they encountered another ship.

По време на пътуването си те срещнали друг кораб.

This was in S. Latitude 49° 51′, W. Longitude 128° 34′

Това беше на южна ширина 49° 51′, западна дължина 128° 34′

This ship was manned by a queer and evil-looking crew.

Този кораб се управляваше от странен и зловещ на вид екипаж.

All the men were of Kanakas and half-castes.

Всички мъже бяха от канака и мелези.

Being ordered peremptorily to turn back, Capt. Collins refused.

След като получи категорична заповед да се върне, капитан Колинс отказа.

Without warning the strange crew began to shoot savagely upon the schooner.

Без предупреждение странният екипаж започна свирепо да стреля по шхуната.

They shot a peculiarly heavy battery of brass cannon.

Те обстреляха особено тежка батарея от месингови оръдия.

The men from his ship showed fighting spirit, says the survivor.

Мъжете от кораба му показаха боен дух, казва оцелелият.

The schooner began to sink from shots beneath the waterline.

Шхуната започна да потъва от изстрели под ватерлинията.

But they managed to heave alongside their enemy boat, and board her.

Но те успяха да се доближат до вражеската си лодка и да се качат на нея.

They grappled with the savage crew on the yacht's deck.

Те се сбиха с дивашкия екипаж на палубата на яхтата.

Their mode of fighting seemed to be strangely clumsy.

Начинът им на бой изглеждаше странно тромав.

But defeat did not seem to be an option for these savage men.

Но поражението сякаш не беше вариант за тези диваци.

They had a particularly abhorrent and desperate way of fighting.

Те имаха особено отвратителен и отчаян начин на борба.

So they had no choice but to kill all men of the enemy ship.

Така че те нямаха друг избор, освен да убият всички мъже от вражеския кораб.

Three of their men were also killed in the fight.

Трима от техните мъже също бяха убити в боя.

Capt. Collins and First Mate Green were among the dead.

Капитан Колинс и първи помощник Грийн бяха сред загиналите.

Second Mate Johansen took over control from First Mate Green.

Вторият помощник-капитан Йохансен пое контрола от първия помощник-капитан Грийн.

And the remaining eight men proceeded to navigate the captured yacht.

И останалите осем мъже продължиха да управляват превзетата яхта.

They proceeded to continue in the original direction they were going.

Те продължиха в първоначалната посока, в която бяха тръгнали.

To see if there had been any reason they were ordered to turn around.

За да видят дали е имало някаква причина, поради която им е било наредено да се обърнат.

***

The next day, it appears, they landed on a small island.

На следващия ден, изглежда, те са кацнали на малък остров.

Although no island is known to exist in that part of the ocean.

Въпреки че не е известно да съществува остров в тази част на океана.

Six of the men somehow died ashore while on the island.

Шестима от мъжете някак си загинаха на брега, докато бяха на острова.

Though Johansen is queerly reticent about this part of his story.

Въпреки че Йохансен е странно сдържан по отношение на тази част от историята си.

And he speaks only of their falling into a rock chasm.

И той говори само за падането им в скална пропаст.

Later, it seems, he and one companion boarded the yacht.

По-късно, изглежда, той и един от спътниците му се качили на яхтата.

Together they tried to sail the ship, undermanned.

Заедно те се опитаха да управляват кораба, без достатъчно екипаж.

But they were beaten about by the storm of April 2nd.

Но те бяха пометени от бурята на 2 април.

From that time till his rescue on the 12th, the man remembers little.

От този момент до спасяването му на 12-ти, мъжът помни малко.

And he does not even recall when William Briden, his companion, died.

И дори не си спомня кога е починал Уилям Бридън, неговият спътник.

Autopsy could reveal no obvious cause to Briden's death.

Аутопсията не можа да разкрие очевидна причина за смъртта на Брайдън.

The most likely cause of death is exposure to the elements.

Най-вероятната причина за смъртта е излагането на атмосферните влияния.

The Dunedin reported that their boat, the Alert, was well known.

Дънидин съобщи, че лодката им, „Алерт“, е добре позната.

The island traders bore an evil reputation along the waterfront.

Островните търговци носеха лоша репутация по крайбрежието.

The ship was owned by a curious group of half-castes.

Корабът беше собственост на любопитна група метиси.

Frequent meetings and night trips to the woods attracted curiosity.

Честите срещи и нощните пътувания до гората привличаха любопитството.

The ship had set sail in great haste on March 1st.

Корабът отплава с голяма бързина на 1 март.

Just after the storm, and the earth tremors that night.

Точно след бурята и земетресението онази нощ.

Our Auckland correspondent gives the Emma excellent reputation.

Нашият кореспондент от Окланд дава на Ема отлична репутация.

The Crew from the Emma were held very in high regard.

Екипажът на „Ема" беше много уважаван.

And Johansen is described as a sober and worthy man.

А Йохансен е описан като трезвен и достоен човек.

The admiralty will institute an inquiry on the whole matter.

Адмиралтейството ще започне разследване по целия случай.

Starting tomorrow they will collect all relevant information.

От утре те ще събират цялата необходима информация.

Every effort will be made to induce Johansen to speak.

Ще бъдат положени всички усилия, за да се накара Йохансен да говори.

This and the hellish image were all the information I had to go on.

Това и адският образ бяха цялата информация, с която можех да се оправя.

But what a train of ideas that little information started in my mind!

Но какъв поток от идеи задвижи тази малка информация в ума ми!

Here were new treasuries of data on the Cthulhu Cult.

Тук се намираха нови съкровищници от данни за култа към Ктулху.

The cult not only had interests on land.

Култът не само е имал интереси на земята.

Now there was evidence they also had connections to the sea.

Сега имаше доказателства, че те са имали връзки и с морето.

What motive prompted the hybrid crew to order back the Emma?

Какъв мотив е накарал екипажа на хибрида да върне „Ема" обратно?

Why did they sail about with their hideous idol?

Защо плаваха наоколо с отвратителния си идол?

What was the unknown island on which six of the Emma's crew had died?

Кой беше неизвестният остров, на който бяха загинали шестима членове на екипажа на „Ема"?

And why was Johansen so secretive about their death?

И защо Йохансен е бил толкова потаен относно смъртта им?

What had the vice-admiralty's investigation brought out?

Какво разкри разследването на вицеадмиралтейството?

And what was known of the noxious cult in Dunedin?

И какво се знаеше за зловредния култ в Дънидин?

Nor could one help but marvel at the timing of the events.

Човек не можеше да не се удивлява и на времето на събитията.

There was a deep and more than natural linkage between the dates.

Между датите имаше дълбока и повече от естествена връзка.

A malign and now undeniable significance to the various turns of events.

Зловеща и сега неоспорима значимост за различните обрати на събитията.

***

My uncle had noted with great care the connecting events.

Чичо ми беше отбелязал с голямо внимание свързващите събития.

On March 1st the earthquake and storm had come.

На 1 март дойдоха земетресението и бурята.

February 28th, according to the International Date Line.

28 февруари, според Международната линия на датите.

From Dunedin the noisome crew of the Alert darted eagerly forth.

От Дънидин шумният екипаж на „Алерт" нетърпеливо се втурна напред.

They moved as if they had been imperiously summoned.

Движеха се сякаш бяха повикани властно.
On the other side of the earth the other events unfolded.
От другата страна на земята се развиха другите събития.
Poets and artists had begun to have their strange dreams.
Поетите и художниците бяха започнали да сънуват своите странни сънища.
Dreams of a dank Cyclopean city from times long gone.
Мечти за влажен циклопски град от отдавна отминали времена.
A young sculptor was persuaded by these dreams too.
Един млад скулптор също бил убеден от тези мечти.
In his sleep he molded the form of the dreaded Cthulhu.
В съня си той оформи формата на страховития Ктулху.
On March 23rd the crew of the Emma landed on an unknown island.
На 23 март екипажът на „Ема" кацна на неизвестен остров.
There on that island they left six men dead.
Там, на този остров, те оставиха шестима мъртви мъже.
On that date the dreams of sensitive men assumed a heightened vividness.
На тази дата сънищата на чувствителните мъже придобиваха повишена яркост.
Their dreams darkened with dread of a giant monster's malign pursuit.
Сънищата им помрачени от ужас от зловещо преследване от гигантско чудовище.
One architect went mad from his dreams that night.
Един архитект полудя от сънищата си онази нощ.
And a sculptor had lapsed suddenly into delirium!
И един скулптор внезапно беше изпаднал в делириум!
And then there was the storm of April 2nd.
И тогава беше бурята от 2 април.
The date on which all dreams of the dank city ceased.
Датата, на която всички мечти за влажния град приключиха.
Wilcox emerged unharmed from the bondage of strange fever.

Уилкокс излезе невредим от робството на странната треска.

And everything appeared to be normal again.

И всичко изглеждаше отново нормално.

But what about the hints old Castro had suggested?

Но какво да кажем за намеците, които старият Кастро беше предложил?

What about the sunken, star-born old ones?

Ами потъналите, родени от звездите старци?

What about their promised return and coming reign?

А какво ще кажете за обещаното им завръщане и предстоящо царуване?

What about their faithful cult and their mastery of dreams?

Ами верният им култ и майсторството им в сънищата?

Was I tottering on the brink of cosmic horrors?

Дали се клатушках на ръба на космически ужаси?

Cosmic horrors far beyond man's power to bear?

Космически ужаси, далеч отвъд човешките сили да понесат?

If so, they must be horrors of the mind alone.

Ако е така, те трябва да са ужаси единствено на ума.

On the second of April there was sudden coordinated calm.

На втори април настъпи внезапно координирано спокойствие.

The monstrous menace that sieged mankind's soul had vanished.

Чудовищната заплаха, която обсаждаше човешката душа, беше изчезнала.

That evening I made all necessary arrangements for onwards travel.

Същата вечер направих всички необходими приготовления за по-нататъшно пътуване.

I bade my host adieu and took a train for San Francisco.

Сбогувах се с домакина си и взех влак за Сан Франциско.

*****

In less than a month I was at the port of Dunedin.

След по-малко от месец бях на пристанището на Дънидин.

Here, however, my investigation stumbled slightly.

Тук обаче разследването ми леко се спъна.

I inquired in the old sea taverns where the men had lingered.

Попитах в старите морски кръчми къде са се задържали мъжете.

But little was known of the strange cult members.

Но малко се знаеше за странните членове на култа.

Waterfront scum was far too common for special mention.

Крайбрежните отрепки бяха твърде често срещани, за да бъдат споменавани специално.

But there was vague talk about one inland trip these mongrels had made.

Но се говореше смътно за едно пътуване навътре в сушата, което тези мелези бяха предприели.

Faint drumming and red flames were noted on the distant hills.

По далечните хълмове се чуваше слабо барабанене и червени пламъци.

In Auckland I learned only a little more of Johansen.

В Окланд научих само малко повече за Йохансен.

He had been taken to Sydney for the investigation.

Той беше откаран в Сидни за разследването.

A perfunctory and inconclusive questioning turned his hair white.

Повърхностен и неубедителен разпит побеля косата му.

Thereafter he sold his cottage in West Street.

След това той продал вилата си на Уест Стрийт.

And he sailed with his wife to his old home in Oslo.

И той отплава със съпругата си към стария си дом в Осло.

His experience had clearly stirred him deeply.

Преживяването му очевидно го беше развълнувало дълбоко.

But he told his friends no more than he had told the admiralty officials.

Но той не каза на приятелите си повече, отколкото беше казал на служителите на адмиралтейството.

And all they could do was to give me his Oslo address.

И всичко, което можеха да направят, беше да ми дадат адреса му в Осло.

After that I went to Sydney and talked profitlessly with seamen.

След това отидох в Сидни и разговарях безрезултатно с моряци.

Members of the vice-admiralty court could not enlighten me either.

Членовете на вицеадмиралтейския съд също не можаха да ме просветлят.

I tracked the Alert down to Circular Quay in Sydney Cove.

Проследих „Алерт“ до Сър кюлар Куей в Сидни Коув.

The ship had been sold and was again in commercial use.

Корабът беше продаден и отново се използваше за търговски цели.

But I could gain no further clues from the ship's cargo.

Но не можах да получа повече улики от товара на кораба.

The image was preserved in the Museum at Hyde Park.

Изображението е било запазено в музея в Хайд Парк.

The cuttlefish head, dragon body, and scaly wings.

Главата на сепия, тялото на дракон и люспестите крила.

The monster crouching atop the hieroglyphed pedestal.

Чудовището, клекнало върху йероглифирания пиедестал.

I studied every detail of the idol long and well.

Дълго и добре изучих всеки детайл от идола.

The relic was a thing of balefully exquisite workmanship.

Реликвата беше предмет на зловещо изящна изработка.

I couldn't help but notice the similarity to Legrasse's smaller specimen.

Не можех да не забележа приликата с по-малкия екземпляр на Леграс .

Both idols had the same utter mystery and terrible antiquity.

И двата идола притежаваха една и съща абсолютна мистерия и ужасяваща древност.

And both idols had the same unearthly strangeness of material.

И двата идола притежаваха една и съща неземна странност на материала.

Geologists, the curator told me, had found it a monstrous puzzle.

Геолозите, каза ми кураторът, са го намерили за чудовищна загадка.

They insisted that the world held no rock like this one.

Те настояваха, че на света няма скала като тази.

Then I thought with a shudder of what old Castro had told Legrasse.

Тогава с тръпка си помислих какво беше казал старият Кастро на Леграс .

The tale of the primal great ones, sunken under the sea.

Приказката за първичните велики същества, потънали в морето.

"They had come from the stars."

„Те бяха дошли от звездите.“

"They had brought their images with them."

„Те бяха донесли своите изображения със себе си.“

I was shaken with a mental revolution as I had never before known.

Бях разтърсен от психическа революция, каквато никога преди не бях преживявал.

I was now completely resolved to visit Mate Johansen in Oslo.

Вече бях напълно решен да посетя Мате Йохансен в Осло.

Sailing for London, I re-embarked at once for the Norwegian capital.

Отплавах за Лондон и веднага се качих отново на кораба за норвежката столица.

And one autumn day I landed at the wharves.

И един есенен ден акостирах на кея.

***

Johansen's hometown was in the shadow of the Egeberg.

Родният град на Йохансен е бил в сянката на Егеберг.

I discovered he lived in the Old Town of King Harold Haardrada.

Открих, че живее в Стария град на крал Харолд Хардрада.

For centuries the greater city had masqueraded as "Christiania".

Векове наред по-големият град се е маскирал като „Кристиания“.

King Harald Hardrada kept alive the name of Oslo.

Крал Харалд Хардрада запазил името Осло.

I made the brief trip to his residences by taxicab.

Направих краткото пътуване до резиденцията му с такси.

A neat and ancient building with plastered front.

Кокетна и старинна сграда с измазана фасада.

And I knocked with palpitant heart at the door.

И почуках на вратата с разтуптяно сърце.

A sad-faced woman in black answered my summons.

Жена с тъжно лице в черно отговори на повикването ми.

I was stung with disappointment at the sight.

Бях обзет от разочарование от гледката.

She told me in halting English that Gustaf Johansen was no more.

Тя ми каза на неуверен английски, че Густаф Йохансен вече го няма.

He had not long survived his return, said his wife.

Той не беше преживял дълго завръщането си, каза съпругата му.

The doings at sea in 1925 had broken him.

Събитията в морето през 1925 г. го бяха сломили.

He had told her no more than he had told the public.

Той ѝ беше казал не повече, отколкото беше казал на обществеността.

But he had left a long manuscript of "technical matters".

Но той беше оставил дълъг ръкопис с „технически въпроси“.

These notes of the voyage had been written in English.

Тези бележки от пътуването бяха написани на английски.
Evidently in order to safeguard her from the peril of casual perusal.
Очевидно, за да я предпазят от опасността от случаен поглед.
He had gone for a walk through a narrow lane near the Gothenburg dock.
Беше се разходил по тясна уличка близо до кея в Гьотеборг.
A bundle of papers falling from an attic window had knocked him down.
Пакет документи, паднал от прозорец на тавана, го беше съборил.
Two Lascar sailors at once helped him to his feet.
Двама ласкарски моряци веднага му помогнаха да се изправи на крака.
But before the ambulance could reach him he was dead.
Но преди линейката да стигне до него, той беше мъртъв.
The physicians found no adequate cause for his death.
Лекарите не откриха основателна причина за смъртта му.
They mostly attributed his death to heart trouble.
Те най-вече отдадоха смъртта му на сърдечни проблеми.
But they added his weakened constitution most likely contributed.
Но те добавиха, че отслабената му конституция най-вероятно е допринесла за това.
I now felt a deep gnawing at my vitals.
Сега усетих дълбоко пронизване на жизнените си органи.
A dark terror which will never leave me till I, too, am at rest.
Мрачен ужас, който никога няма да ме напусне, докато и аз не си почина.
Whether my death will come "accidentally" or not I can't tell.
Дали смъртта ми ще дойде „случайно“ или не, не мога да кажа.
I spoke to the widow about her husband's work.
Говорих с вдовицата за работата на съпруга ѝ.
And I persuaded her I had a "technical" connection to him.

И я убедих, че имам „техническа“ връзка с него.

So she felt I was sufficiently entitled to the manuscript.

Така че тя смяташе, че имам достатъчно право да получа ръкописа.

And so I attained the dead man's writing.

И така стигнах до писането на мъртвеца.

I began to read the documents on the boat to London.

Започнах да чета документите на кораба за Лондон.

They were little more than simple, rambling notes.

Те бяха малко повече от прости, несвързани бележки.

A naive sailor's effort at a post-facto diary.

Наивен моряшки опит за дневник след края на живота.

He strove to recall that last awful voyage day by day.

Той се стараеше да си спомня това последно ужасно пътуване ден след ден.

I cannot attempt to transcribe his notes verbatim.

Не мога да се опитам да препиша дословно бележките му.

The manuscript is clouded with vagueness and redundance.

Ръкописът е замъглен от неясноти и излишества.

But I will tell the gist of what he wrote.

Но ще разкажа същността на това, което е написал.

Perhaps then you will understand why I stuffed my ears with cotton.

Може би тогава ще разбереш защо си пълнех ушите с памук.

The sound of the water against the vessel's sides became unendurable.

Шумът от водата, блъскаща се в бордовете на кораба, стана непоносим.

***

Johansen, thank God, did not quite know what he had seen.

Йохансен, слава Богу, не знаеше съвсем какво е видял.

But it is evident he had seen the city and the Thing.

Но е очевидно, че е видял града и Нещото.

I shall never sleep calmly again when I think of the horrors.

Никога вече няма да спя спокойно, когато си помисля за ужасите.

The horrors that lurk ceaselessly behind life in time and space.

Ужасите, които непрестанно дебнат зад живота във времето и пространството.

Those unhallowed blasphemies that come from elder stars.

Тези нечестиви богохулства, които идват от по-стари звезди.

Dreamers beneath the sea known only by a nightmare cult.

Мечтатели под морето, известни само на култ от кошмари.

A cult ready and eager to release these monsters into the world.

Култ, готов и нетърпелив да пусне тези чудовища в света.

Whenever another earthquake raises their monstrous stone city again.

Всеки път, когато ново земетресение издигне отново чудовищния им каменен град.

When Cthulhu is under the light of the sun once more.

Когато Ктулху отново е под светлината на слънцето.

Johansen's voyage had begun just as he told it to the vice-admiralty.

Пътуването на Йохансен беше започнало точно както го беше разказал на вицеадмиралтейството.

The Emma, in ballast, had cleared Auckland on February 20th.

„Ема“, с баласт, напусна Окланд на 20 февруари.

The ship had felt the full force of that earthquake-born tempest.

Корабът беше усетил пълната сила на онази буря, породена от земетресението.

The horrors from the sea-bottom that filled men's dreams.

Ужасите от морското дъно, които изпълваха сънищата на мъжете.

Once under control again the ship was making good progress.

След като отново беше овладян, корабът напредваше добре.

But then the ship was held up by the Alert on March 22nd.

Но след това корабът беше задържан от „Алерт" на 22 март.

I could feel the mate's regret as he wrote of her bombardment and sinking.

Можех да усетя съжалението на помощник-капитана, докато пишеше за бомбардировката и потъването ѝ.

Of the swarthy cult-fiends on the other boat he speaks with horror.

За мургавите култови демони на другата лодка той говори с ужас.

There was some peculiarly abominable quality about them.

Имаше нещо особено отвратително в тях.

Something made their destruction seem almost a duty.

Нещо караше унищожението им да изглежда почти като дълг.

This point was brought up during the proceedings of the court of inquiry.

Този въпрос беше повдигнат по време на заседанието на съда по разследването.

Johansen shows ingenuous wonder at the accusation of ruthlessness.

Йохансен проявява неподправено удивление от обвинението в безмилостност.

Curiosity is what drove the men on in their captured yacht.

Любопитството е това, което е подтикнало мъжете да продължат напред в заловената си яхта.

Sticking out of the sea the men sighted a great stone pillar.

Стърчащ от морето, мъжете забелязаха голям каменен стълб.

In South Latitude 47° 9', West Longitude 126° 43' they come upon a coastline.

На южна ширина 47° 9', западна дължина 126° 43' те попадат на брегова линия.

The coastline was of mingled mud, ooze, and weedy
Cyclopean masonry.

Бреговата линия беше от смесена кал, тиня и обрасъл с
водорасли циклопски зидария.

Nothing less than the tangible substance of earth's supreme
terror.

Нищо по-малко от осезаемата субстанция на върховния
ужас на земята.

They had come across the nightmare corpse-city of R'lyeh.

Бяха попаднали на кошмарния град-трупове Р'лиех .

A city built in measureless eons behind history.

Град, построен в безброй еони зад историята.

Monuments to vast loathsome shapes that seeped down
from the dark stars.

Паметници на огромни, отвратителни форми,
просмуквани от тъмните звезди.

There lay great Cthulhu and his hordes for incalculable
cycles.

Там лежеше великият Ктулху и неговите орди в
продължение на неизброими цикли.

Hidden in green slimy vaults, they sent out their thoughts.

Скрити в зелени, слузести сводове, те изпращаха мислите
си.

The thoughts that spread fear to the dreams of the sensitive.

Мислите, които всяват страх в сънищата на
чувствителните.

The thoughts that called imperiously to the faithful.

Мислите, които властно призоваваха верните.

"Come on a pilgrimage of liberation and restoration."

„Елате на поклонение на освобождението и
възстановяването.“

All this horror Johansen had no way of suspecting.

Йохансен нямаше как да подозира за целия този ужас.

But God knows he had soon seen enough!

Но Бог знае, че скоро щеше да види достатъчно!

I suppose what they saw was only a single mountain-top.

Предполагам, че това, което са видели, е бил само един-единствен планински връх.

Soon the rest of the city emerged from the waters.

Скоро останалата част от града се появи от водите.

The hideous monolith-crowned citadel where great Cthulhu was buried.

Отвратителната цитадела, увенчана с монолит, където е бил погребан великият Ктулху.

I shudder to think of all that may be brooding down there.

Потръпвам, като си помисля за всичко, което може да се върти там долу.

And I almost wish to kill myself to stop these thoughts.

И почти ми се иска да се самоубия, за да спра тези мисли.

***

Johansen and his men were awed by the cosmic majesty.

Йохансен и неговите хора бяха възхитени от космическото величие.

They beheld the sight of this dripping Babylon of elder demons.

Те съзряха гледката на този мокрящ Вавилон от древни демони.

They must have guessed without guidance what it was they saw.

Сигурно са се досетили без насоки какво виждат.

What they saw was nothing of this or of any sane planet.

Това, което видяха, не беше нищо от това или от която и да е разумна планета.

The unbelievable size of the greenish stone blocks.

Невероятните размери на зеленикавите каменни блокове.

The dizzying height of the great carven monolith.

Зашеметяващата височина на великия издълбан монолит.

And then there was the bas-reliefs found on the captured ship.

И тогава бяха барелефите, открити на превзетия кораб.

The colossal statues mirrored the scene on the carvings.

Колосалните статуи отразяваха сцената върху резбите.

Johansen achieved something very close to futurism.

Йохансен постигна нещо много близко до футуризма.

Because he did not describe any definite structure or building.

Защото не е описал никаква определена структура или сграда.

He dwelled on the broad impressions of vast angles and stone surfaces.

Той се спря върху широките отпечатъци от обширни ъгли и каменни повърхности.

Surfaces too great to belong to anything right or proper for this earth.

Повърхности, твърде големи, за да принадлежат на нещо правилно или подходящо за тази земя.

Surfaces impious with horrible images and hieroglyphs.

Повърхности безбожни с ужасни изображения и йероглифи.

There is a reason I mention his talk about angles.

Има причина да споменавам разговора му за ъглите.

It reminds me of something Wilcox had told me of his awful dreams.

Това ми напомня за нещо, което Уилкокс ми беше разказвал за ужасните си сънища.

He had said that the geometry of the dream-place he saw was abnormal.

Той беше казал, че геометрията на мястото в съня, което видя, е необичайна.

Non-Euclidean spheres unlike anything here on earth.

Неевклидови сфери, различни от всичко тук на земята.

Loathsomely redolent dimensions completely unlike ours.

Отвратително ухаещи измерения, напълно различни от нашите.

Now a seaman was describing the exact same thing.

Сега един моряк описваше абсолютно същото нещо.

They bad both had the same terrible glimpse of this reality.

И двамата имаха един и същ ужасен поглед към тази реалност.

Johansen and his men landed at a sloping mud-bank.

Йохансен и хората му слязоха на наклонен кален бряг.

And they looked up at this monstrous Acropolis.

И те погледнаха нагоре към този чудовищен Акропол.

They clambered slippery up over titan oozy blocks.

Те се катериха хлъзгаво по тигански слузести блокове.

Blocks which could have been no mortal staircase.

Блокове, които не биха могли да бъдат смъртно стълбище.

The very sun of heaven seemed distorted in this mist.

Самото небесно слънце изглеждаше изкривено в тази мъгла.

A polarizing miasma welling out from this sea-soaked perversion.

Поляризираща миазма, бликаща от това напоено с море извращение.

Twisted menace and suspense lurked in those elusive rocks.

Изкривена заплаха и напрежение се таяха в тези неуловими скали.

A second glance showed concavity where the first showed convexity.

Вторият поглед показа вдлъбнатина там, където първият показа изпъкналост.

Something very like fright had come over all the explorers.

Нещо много подобно на страх беше обзело всички изследователи.

Each man would have fled had he not feared the scorn of the others.

Всеки мъж би избягал, ако не се страхуваше от презрението на останалите.

And it was only half-heartedly that they vainly searched.

И те търсеха напразно само с половин уста.

They were looking for some portable souvenir to bear away.

Търсеха някакъв преносим сувенир, който да отнесат със себе си.

It was Rodriguez, the Portuguese, who climbed up the foot of the monolith.

Родригес, португалецът, се изкачи по подножието на монолита.

From there he shouted of what he had found.

Оттам той извика за това, което беше открил.

The rest followed him to the foot of the monolith.

Останалите го последваха до подножието на монолита.

They looked curiously at the immense door in front of them.

Те погледнаха с любопитство огромната врата пред тях.

The now familiar squid-dragon was carved on the door.

Вече познатият дракон-калмар беше издълбан на вратата.

It was, Johansen said, like a great barn-door.

Беше, каза Йохансен, като огромна врата на хамбар.

Although they said it only gave the impression of a door.

Въпреки че казаха, че само е създавало впечатление за врата.

They could not decide if the door lay flat like a trap-door.

Не можеха да преценят дали вратата е плоска като капак.

Or maybe the opening was slanted like an outside cellar-door.

Или може би отворът беше наклонен като външна врата на изба.

As Wilcox would have said, the geometry of the place was all wrong.

Както би казал Уилкокс, геометрията на мястото беше съвсем погрешна.

One could not be sure that the sea and the ground were horizontal.

Човек не можеше да бъде сигурен, че морето и земята са хоризонтални.

Hence the relative position of everything else seemed phantasmally variable.

Следователно относителното положение на всичко останало изглеждаше фантазмично променливо.

Briden pushed at the stone in several places, without result.

Бридън бутна камъка на няколко места, но без резултат.

Then Donovan felt delicately over around the edge of the door.

След това Донован внимателно опипа ръба на вратата.

He climbed interminably along the grotesque stone molding.

Той се изкачваше безкрайно по гротескната каменна корниза.

Although, if you could really call it climbing is debatable.

Въпреки че, ако наистина може да се нарече катерене, е спорно.

Perhaps the door was more horizontal than vertical.

Може би вратата е била по-хоризонтална, отколкото вертикална.

And the men wondered how any door in the universe could be so vast.

И мъжете се чудеха как е възможно някоя врата във вселената да е толкова огромна.

Then, very softly and slowly, something began to happen.

Тогава, много тихо и бавно, нещо започна да се случва.

The acre-great panel began to give inward at the top.

Панелът с площ от един акър започна да се огъва навътре в горната си част.

And they saw that the door had balanced itself.

И видяха, че вратата се е самобалансирала.

***

Donovan somehow propelled himself back along the jamb.

Донован някак си успя да се върне обратно по касата.

And everyone watched the queer recession of the monstrously carven portal.

И всички наблюдаваха странното затваряне на чудовищно издълбания портал.

In this fantasy of prismatic distortion it moved anomalously in a diagonal way.

В тази фантазия за призматично изкривяване то се движеше аномално по диагонал.

All the rules of matter and perspective seemed confused.

Всички правила на материята и перспективата сякаш бяха объркани.

The aperture was black with a darkness almost material.

Отворът беше черен, с почти материална тъмнина.

That tenebrousness was indeed a positive quality.

Тази мрачност наистина беше положително качество.

The men were spared from seeing the inner walls.

Мъжете бяха пощадени от виждането на вътрешните стени.

The darkness burst forth like smoke from its eon-long imprisonment.

Тъмнината избухна като дим от вечно дългия си затвор.

The sun was visibly darkened by flapping membranous wings.

Слънцето видимо потъмняваше от размахващите се ципести криле.

And the shadow slunk away into the shrunken and gibbous sky.

И сянката се изплъзна в свитото и изпъкнало небе.

The odor arising from the newly opened depths was intolerable.

Миризмата, идваща от новооткритите дълбини, беше непоносима.

The quick-eared Hawkins thought he heard a nasty, slopping sound.

Бързочущият Хокинс си помисли, че чува гаден, плискащ звук.

His ears were confirmed when It lumbered slobberingly into sight.

Ушите му се потвърдиха, когато То се появи тромаво, лигавейки се , в полезрението му.

Its gelatinous green immensity groped through the black hall.

Желатиново-зелената му необятност се промъкваше пипкайки през черната зала.

And Its ooze and smell squeezed through the angled door.

И слузта и миризмата му се промъкваха през наклонената врата.

The Thing went into the tainted air of that poison city of madness.

Нещото се изпари в замърсения въздух на онзи отровен град на лудостта.

Poor Johansen's handwriting almost gave out when he wrote of this.

Почеркът на горкия Йохансен едва не се изхаби, когато пишеше за това.

He thinks two men perished of pure fright in that accursed instant.

Той смята, че двама мъже са загинали от чист страх в този проклет миг.

The Thing cannot be described with our language.

Нещото не може да бъде описано с нашия език.

There are no words for such abysms of shrieking and immemorial lunacy.

Няма думи за такива бездни от писъци и незапомнена лудост.

Eldritch contradictions of all matter, force, and cosmic order.

Зловещи противоречия на цялата материя, сила и космически ред.

A mountain that walked and stumbled on the earth. God!

Планина, която ходеше и се препъваше по земята. Боже!

No wonder that across the earth a great architect went mad.

Нищо чудно, че по целия свят един велик архитект е полудял.

No wonder poor Wilcox raved with fever in that telepathic instant.

Нищо чудно, че горкият Уилкокс е избухнал в треска в този телепатичен миг.

The green, sticky spawn of the stars, was walking the earth.

Зеленото, лепкаво потомство на звездите крачеше по земята.

The Thing of the idols had awaked to claim his own.

Нещото на идолите се беше събудило, за да си поиска
своето.

The stars were aligned again, as was predicted.

Звездите отново се подравниха, както беше предсказано.

An age-old cult had failed in their duties.

Един вековен култ се беше провалил в задълженията си.

**And a band of innocent sailors fulfilled their role by
accident.**

И група невинни моряци изпълниха ролята си съвсем
случайно.

After vigintillions of years great Cthulhu was loose again.

След безброй години великият Ктулху отново беше на
свобода.

And now great Cthulhu was ravening for delight.

И сега великият Ктулху жадуваше за наслада.

**Three men were swept up by the flabby claws before
anybody turned.**

Трима мъже бяха пометени от отпуснатите нокти, преди
някой да се обърне.

God rest them, if there be any rest in the universe.

Бог да ги упокои, ако изобщо има покой във вселената.

**Let it be known that their names were Donovan, Guerrera
and Angstrom.**

Нека се знае, че имената им са били Донован, Герера и
Ангстром.

Parker slipped as he was trying to make his escape.

Паркър се подхлъзна, докато се опитваше да избяга.

The other three were plunging frenziedly back to the boat.

Останалите трима се хвърляха обезумели обратно към
лодката.

They ran over endless vistas of green-crusted rock.

Те тичаха през безкрайни гледки от покрити със зелена
кора скали.

**Johansen swears he was swallowed up by an angle of
masonry.**

Йохансен се кълне, че е бил погълнат от ъгъл на зидария.

An angle which shouldn't have been there.

Ъгъл, който не би трябвало да е там.
An angle which was acute, but behaved as if it were obtuse.
Ъгъл, който беше остър, но се държеше сякаш беше тъп.
Only Briden and Johansen made it back to the boat.
Само Бридън и Йохансен успяха да се върнат до лодката.
The two men had a moment of good fortune.
Двамата мъже имаха момент на късмет.
The mountainous monstrosity flopped down on the slimy stones.
Планинското чудовище се стовари върху хлъзгавите камъни.
And the beast hesitated floundering at the edge of the water.
И звярът се поколеба, лутайки се на ръба на водата.
The steam boat had not entirely run out of hot coals.
Параходът не беше изчерпал напълно горещите въглени.
Despite the departure of all men for the shore.
Въпреки заминаването на всички мъже към брега.
Feverishly the two men rushed up and down between wheels.
Трескаво двамата мъже се втурнаха напред-назад между колелата.
It was the work of only a few moments to get the engine going.
Запалването на двигателя отнемаше само няколко минути.
Amidst the distorted horrors of that indescribable scene.
Сред изкривените ужаси на онази неописуема сцена.
Slowly their boat began to churn the lethal waters beneath her.
Бавно лодката им започна да разбърква смъртоносните води под нея.
And they moved along the masonry of that charnel shore.
И те се движеха по зидарията на този гроб.
That strange coastline that was not from this world.
Тази странна брегова линия, която не беше от този свят.

***

The titan Thing from the stars slavered and gibbered.

Титанското Нещо от звездите бълнуваше лиги и бърбореше.

Like Polypheme cursing the fleeing ship of Odysseus.

Като Полифем, проклинащ бягащия кораб на Одисей.

Then great Cthulhu slid greasily into the water.

Тогава великият Ктулху се плъзна мазен във водата.

Bolder and more daring than the storied Cyclops.

По-смел и по-дръзък от легендарния циклоп.

Cthulhu pursued them through the water with cosmic movement.

Ктулху ги преследваше през водата с космическо движение.

Briden looked back from the ship and started laughing shrilly.

Бридън погледна назад от кораба и започна да се смее пронизително.

From that moment Briden continued laughing at odd intervals.

От този момент нататък Бридън продължи да се смее на странни интервали.

But Johansen had not given up yet.

Но Йохансен все още не се беше отказал.

He knew his ship had no chance of outpacing the thing.

Той знаеше, че корабът му няма никакъв шанс да изпревари това нещо.

So he resolved on taking a desperate chance.

Затова той реши да поеме отчаян риск.

He loaded the furnace and set the engine for full speed.

Той зареди пещта и настрои двигателя на пълна скорост.

And then he ran lightning-like on deck and reversed the wheel.

И тогава той се втурна светкавично по палубата и обърна кормилото.

There was a mighty eddying and foaming in the noisome brine.

В зловонната саламура се носеше силно вихрушка и пяна.

The steam mounted higher and higher into the sky.
Парата се издигаше все по-високо и по-високо в небето.
And the brave Norwegian reversed the course of the chase.
И смелият норвежец обърна хода на преследването.
Before him rose the unclean froth like the stern of a demon galleon.
Пред него се издигаше мръсна пяна като кърмата на демоничен галеон.
He drove his vessel head on against the pursuing jelly.
Той насочи кораба си челно към преследващата го медуза.
The awful squid-head came nearly up to the yacht's bowsprit.
Ужасната глава на калмар стигна почти до бушприта на яхтата.
But Johansen drove on relentlessly against the writhing feelers.
Но Йохансен продължаваше безмилостно срещу гърчещите се пипала.
There was a bursting as of an exploding bladder.
Чу се спукване, сякаш от експлодиращ мехур.
There was a slushy nastiness as of a cloven sunfish.
Имаше някаква кишаста гадна миризма, като от раздвоена слънчевка.
There was a stench as of a thousand opened graves.
Носеше се смрад, сякаш от хиляда отворени гробове.
And there was a sound the chronicler did not put on paper.
И имаше звук, който летописецът не записа на хартия.
For an instant the ship was befouled by an acrid cloud.
За миг корабът беше замърсен от остър облак.
The green cloud blinded Johansen and the mad man.
Зеленият облак заслепи Йохансен и лудия мъж.
And then there was only a venomous seething astern.
И тогава отзад имаше само отровно кипене.
But God in heaven! What the two men saw next;
Но Боже на небето! Какво видяха двамата мъже след това;
The scattered plasticity of that nameless sky-spawn.

Разпръсната пластичност на онова безименно небесно изчадие.

The injured thing was nebulously recombining.

Раненото нещо мъгливо се рекомбинираше.

Soon Cthulhu would be back in its hateful original form.

Скоро Ктулху щеше да се завърне в омразната си първоначална форма.

But their distance was widening with every second.

Но разстоянието между тях се увеличаваше с всяка секунда.

The ship was gaining impetus from its mounting steam.

Корабът набираше скорост от нарастващата си пара.

And eventually the cursed city was over the horizon.

И най-накрая прокълнатият град се появи зад хоризонта.

***

He did not try to navigate after their lucky escape.

Той не се опита да се ориентира след щастливото им бягство.

His reaction had taken something out of his soul.

Реакцията му беше отнела нещо от душата му.

He spent his time brooding over the idol in the cabin.

Той прекарваше времето си в размисъл над идола в хижата.

He looked after the laughing maniac in the boat.

Той се загледа след смеещия се маниак в лодката.

And he attended to a few matters such as food.

И той се погрижи за няколко неща, като например храната.

Then came the storm of April 2nd.

След това дойде бурята на 2 април.

On that day clouds gathered over his consciousness.

В този ден облаци се събраха над съзнанието му.

There is a sense of pure and refined delirium.

Има усещане за чист и изискан делириум.

Spectral whirling through liquid gulfs of infinity.

Спектрално вихрушка през течни заливи на безкрайността.

Dizzying rides through reeling universes on a comet's tail.

Зашеметяващи пътувания през въртящи се вселени върху опашката на комета.

Hysterical plunges from the pit to the moon.

Истерични скокове от ямата към луната.

And he plunged back again from the moon to the pit.

И той отново се гмурна от луната обратно в ямата.

A cachinnating chorus of the distorted, hilarious elder gods.

Ошеломляващ хор на изкривените, весели древни богове.

And the green bat-winged mocking imps of Tartarus.

И зелените, с крила на прилеп, подигравателни бесове от Тартар.

Out of that dream came rescue; the ship Vigilant.

От този сън дойде спасение; корабът „Виджилант“.

The vice-admiralty court and the streets of Dunedin.

Вицеадмиралтейският съд и улиците на Дънидин.

The long voyage back home to the old house by the Egeberg.

Дългото пътуване обратно към старата къща край Егеберг.

He could not tell anyone of what he had seen.

Той не можеше да каже на никого какво е видял.

Had he told the truth they would have thought he had gone mad.

Ако беше казал истината, щяха да си помислят, че е полудял.

So he secretly wrote of what he knew before death came.

Затова той тайно пишеше за това, което знаеше, преди да дойде смъртта.

"Death would be a boon if only it could blot out the memories."

„Смъртта би била благодат, само ако можеше да изтрие спомените.“

That was the document Johansen left behind.

Това беше документът, който Йохансен остави след себе си.

And now I have placed this document in the tin box.

И сега поставих този документ в металната кутия.

In the box is also the dream carved bas-relief.

В кутията е и издълбаният барелеф на съня.

And I have included the papers of Professor Angell.

И включих документите на професор Ангел.

With this box shall go this record of mine.

С тази кутия ще отида и този мой запис.

These notes have become a test of my own sanity.

Тези бележки се превърнаха в изпитание за собствения ми здрав разум.

But I hope my discoveries are never be pieced together again.

Но се надявам откритията ми никога повече да не бъдат сглобени.

I have looked upon all that the universe has to hold of horror.

Разгледах целия ужас, който вселената може да крие.

But now even the skies of spring are darkness to me.

Но сега дори пролетните небеса са тъмнина за мен.

Even the flowers of summer are forever poison to me.

Дори летните цветя са вечна отрова за мен.

But I do not think my life will be long.

Но не мисля, че животът ми ще бъде дълъг.

As my uncle went, so shall my end come.

Както си отиде чичо ми, така ще дойде и моят край.

As poor Johansen went, so shall my time come.

Както си отиде бедният Йохансен, така ще дойде и моето време.

I know too much, and the cult still lives.

Знам твърде много, а култът все още е жив.

Cthulhu still lives, too, I can only suppose.

Мога само да предполагам, че Ктулху също е все още жив.

I assume Cthulhu is again in that chasm of stone.

Предполагам, че Ктулху е отново в онази каменна пропаст.

The city which has shielded him since the sun was young.

Градът, който го е закрилял, откакто слънцето е било младо.

I know his accursed city is sunken once more.

Знам, че проклетият му град отново е потънал.

The crew of the Vigilant sailed over the spot after the April storm.

Екипажът на „Виджилант“ преплава над мястото след априлската буря.

But his ministers on earth still worship his return.

Но неговите служители на земята все още се покланят на завръщането му.

In lonely places they congregate around their idol.

На уединени места те се събират около своя идол.

And they bellow and prance and slay in satanic ritual.

И те реват, подскачат и убиват в сатанински ритуал.

He must have been trapped by the sinking of his black abyss.

Сигурно е бил хванат в капан от потъването на черната си бездна.

Or else the world would by now be screaming with fright and frenzy.

Иначе светът досега щеше да крещи от ужас и ярост.

Who knows how the end will come about?

Кой знае как ще дойде краят?

What has risen may sink, and what has sunk may rise.

Това, което се е издигнало, може да потъне, а това, което е потънало, може да се издигне.

Loathsomeness waits and dreams in the deep.

Отвращението чака и сънува в дълбините.

And decay spreads over the tottering cities of men.

И разпад се разпростира над разклатените градове на хората.

A time will come where that city rises out the sea again.

Ще дойде време, когато този град отново ще се издигне от морето.

But I must not think about when that day will come!

Но не бива да мисля кога ще дойде този ден!

I have one prayer if this manuscript outlives me.

Имам една молитва, ако този ръкопис ме надживее.

I pray my executors put caution before audacity.

Моля се моите изпълнители да поставят предпазливостта пред дързостта.

I pray this manuscript meets no other eyes.

Моля се този ръкопис да не срещне никой друг.

***

Found among the papers of the late Francis Wayland Thurston, of Boston.

Намерен сред документите на покойния Франсис Уейланд Търстън от Бостън.